Carla Thompkins

Die Tochter eines Adlersohns

Carla Thompkins

Die
Tochter
eines
Adlersohns

Erzählung über die Selbstbefreiung einer Frau

BoD

Bibliografische Information der Deutschen Nationalbibliothek

Die Deutsche Nationalbibliothek verzeichnet diese Publikation
in der Deutschen Nationalbibliografie; detaillierte bibliografische
Daten sind im Internet über http://dnb.d-nb.de abrufbar.

1. Auflage | November 2023

© 2023 Carla Thompkins, Freiburg

Fotos © Orieta Myzeqari, Tirana
und Darius Zendeh, Würzburg

Umschlag | Carla Thompkins, Freiburg

Layout & Satz | Ralf Wolf, Jülich

Herstellung und Verlag: BoD – Books on Demand, Norderstedt

ISBN: 978-3-758311-67-3

Inhalt

So fing es an

Dieses Buch kam so zustande: Meine Freiburger Nachbarin machte mich mit ihrer Freundin Besa bekannt. Besa wirkte lebhaft und zerbrechlich zugleich, eine Mischung aus Audrey Hepburn und Gina Lollobrigida. Es stellte sich heraus, dass Besa und ich Gemeinsamkeiten hatten: Wir unterhielten uns auf Deutsch, verstanden aber noch eine andere Sprache: Albanisch. Der Name Besa meiner neuen Bekannten hat eine schöne Bedeutung: »die Vertrauensvolle«. Ihre Eltern als Namensgeber hatten sicher den Wunsch, in dem Kind eine vertrauenswürdige Seele heranwachsen zu sehen.

Wir begannen in einem Freiburger Kaffeehaus, unsere Erfahrungen auszutauschen. Ich erfuhr, dass Besa das Licht der Welt im Kosovo erblickte. Da ich diese Gegend nicht kannte, weil ich nur in Albanien auf der anderen Seite des Gebirges arbeitete, schossen mir viele Fragen durch den Kopf.

Was mich sehr an Besa interessierte, war die Tatsache, dass sie aus einer wilden, unwegsamen und faszinierenden Berggegend kam, einer anderen Welt, in die ich auch die Leser dieses Buches nun mitnehmen möchte.

Etwa eine Tagesfahrt mit dem Auto oder eine gute Flugstunde von einem deutschen Flughafen entfernt versteckt sich diese unzugängliche Gebirgsgegend von schroffer Schönheit. Man nennt die Felsregion die »Verwunschenen Berge« oder auch die »Verfluchten Berge«. Den Besuchern aus den Wohlstandsländern kommt es oft so vor, als ob das Mittelalter dort für immer Einzug gehalten hat. Ihr erster Eindruck von dieser Gegend ist: »rückständig«.

Reiseberichte ringen um treffende Worte bei der Beschreibung des Außergewöhnlichen, etwa so: »Spritzende Gebirgsbäche, die sich unter buckligen osmanischen Brücken durch die prächtige Landschaft ergießen, sprudeln von den schroffen Gebirgsriesen. Der Wanderer bleibt staunend stehen, umgeben von einer wilden, atemberaubenden Schönheit der Natur. Nur selten wird ein Hirte gesichtet, der seine Herde begleitet.«

Eine lokale Legende erzählt, dass Gott sechs Tage brauchte, um die Erde, das Meer und den Himmel zu erschaffen. Der Teufel brauchte jedoch nur eine Nacht, um die »Verfluchten Berge« entstehen zu lassen. Luzifer schlug mit seinem Schwanz tiefe Schluchten und formte mit seinen scharfen Krallen gewaltige Felsvorsprünge.

Nachdem der Satan sein Werk beendet hatte, schien der Fluch bestehen zu bleiben, weil diese unwirtliche Gegend über Jahrhunderte hinweg bekannt war für die zurückgebliebene Lebensweise der Menschen in den Bergen.

Heute überspannen die »Verfluchten Berge« die Grenzen von drei Nationen: Montenegro, Kosovo und Albanien. Nur wenige Menschen leben in dieser kargen Gegend, wo Besa geboren wurde und wo der Schwanz des Teufels ein tiefes Tal schuf.

Besa wurde als gesundes Mädchen in einer medizinischen Ambulanz in der Nähe ihres Heimatdorfes Mirvëndi geboren. Gleich nach der Geburt ging es in das Elternhaus. Dieser Weiler, wie man den Wohnort auf Deutsch am besten bezeichnen kann, bestand damals aus fünf Häusern. Mirvëndi war ein Teilort von Mošivar, einem etwas größeren Dorf mit etwa 500 Einwohnern im westlichen Teil des Kosovo. Zu Besas Kindheit war diese Gegend ein Teil des damaligen Jugoslawien.

Diese fünf Häuser waren acht Jahre lang der Lebensmittelpunkt von Besa. Im Nachbarort Mošivar gab es eine Grundschule. Von Mirvëndi musste Besa zu Fuß einen wilden Bach überqueren, um zur Schule zu gelangen.

»Immer noch überfallen mich Erinnerungen wie Räuber in der Nacht«, sagte Besa zu mir. »Ich würde dir gerne davon erzählen, um mich von diesen beklemmenden Erinnerungen zu befreien. Ich möchte dir berichten von meiner glücklichen Kindheit, der demütigenden Behandlung als Mädchen in der Schule, meiner erschütternden Jugend, und wie ich diesem Leben voller Niederträchtigkeiten entkommen konnte.

Ich möchte dir über meine Selbstbefreiung aus dieser unverschuldeten Unmündigkeit erzählen, oder wie man jetzt auf Neudeutsch sagt, meine »Selbstermächtigung« in Worte fassen, meine Vergangenheit mit der Gegenwart verflechten.«

So fing ich an, die ergreifenden Berichte von Besa aufzuschreiben, damit sie in einem Buch vielen Lesern zur Verfügung stehen. Dieses Buch ist auch ein Ausdruck des Dankes von Besa an die Menschen in ihrer neuen Heimat und die Erklärung ihrer Vergangenheit für ihre Freunde, Nachbarn und Kollegen, die ihr stets Achtung und Respekt entgegenbrachten. Es ist eine tiefe Liebeserklärung an Besas verstorbenen Mann Peter, der ihr ein menschenwürdiges Leben ermöglichte.

Allen Menschen, die glauben, dass die Erziehung von Mädchen prioritär ist für das Wohlergehen der Menschheit in der Zukunft, soll anschaulich gezeigt werden, wie wichtig diese Aufgabe noch sein wird. Denn so wie Besa ergeht es immer noch unzählig vielen Mädchen auf dieser Welt. Dieses Buch soll aber auch ein Aufruf sein an alle Menschen, die unglücklichen Verknüpfungen von Unwissenheit, kriminellen Einstellungen und Rückständigkeit aufzugeben. Es ist nie zu spät!

Carla Thompkins

Unbedarft und glücklich

Da die »Verfluchten Berge« immer noch als archaisch bezeichnet werden, möchte ich unbedingt wissen, wie das Leben der Mädchen und Frauen ist, die in dieser armseligen Gegend lebten und noch leben, die keine Rechte haben, die meistens immer noch verheiratet werden, deren Aufgabe es ist, im Haushalt zu dienen und Kinder zu gebären. Ich fragte Besa, wie ihre Familie in dieser Siedlung mit Namen Mirvëndi lebte. Sie fing an zu erzählen:

»Meiner Familie gehörte dort ein einzelstehendes Wohnhaus. Es gab noch Frauenhäuser und Männerhäuser in diesem Ort. In unserem Haus lebten Männer und Frauen aus drei Generationen zusammen. Der jüngste

Sohn hat immer die Aufgabe, bei seinen Eltern zu leben und für sie zu sorgen. Deshalb gab es früher keine Altersheime. Der jüngste Sohn in meiner Familie war nun mein Vater. Als ich auf die Welt kam, lebten meine Großeltern leider nicht mehr.«

Ich unterbrach Besa: »Das finde ich richtig gut, dass es bei euch früher keine Altersheime gab. Wie war euer Haus gestaltet?«

»Ganz traditionell«, erklärte Besa. »Es gab vor dem Haus eine Art Vorzimmer, das rundherum mit Sitzgelegenheiten aus Strohballen ausgestattet war. Dort saßen nur die Männer, die zu Besuch kamen. Auch unser Hund Bello hatte im Garten eine Hundehütte. Mit dem Bello kuschelte ich manchmal vor seiner Hütte.

Im Haus betrat man zuerst einen großen Raum, in dem gegessen, geplaudert und gekocht wurde. Dort gab es auch einen Kamin. Besondere Gäste durften immer rechts vom Kamin sitzen. Das war der traditionelle Ehrenplatz für Gäste.

In dem anderen Raum haben wir alle geschlafen. Die Mutter mit den Kindern in einem Bett aus Heuballen an der Wand. Und der Vater in einem eigenen Bett. Unsere Kopfkissen waren mit Heu gefüllt, was immer gut duftete. Eine schwere Zudecke hielt uns warm, auch im Winter.

Kartoffeln, Äpfel, Zwiebeln, Tomaten, Gurken, Maulbeeren und Trauben konnten wir selbst anbauen.

Wir hatten auch fünf Hühner, Schweine und ein paar Schafe. Nahrungsaufnahme war für uns ein überlebenswichtiges Thema. Wir konnten nicht einfach ein fertiges Gericht bestellen oder in ein Gasthaus gehen, noch gab es einen Supermarkt in der Nähe. Alle Speisen mussten selbst hergestellt werden. Auch Brot und Joghurt machten wir zu Hause. Am Abend nahm Mama ein verschlossenes Glasgefäß mit Schafsmilch mit ins Bett. Am anderen Morgen war die Milch eingedickt. Aber wir hatten immer genug zu essen und mussten nie hungern.

Zum Frühstück gab es meistens eine Tomate und ein Stück Gurke mit Brot zu essen. Tagsüber, besonders im Sommer, wurde ein Getränk aus Jogurt, Gurkenstückchen und Salz gereicht. Wir hatten auch immer selbstgemachten weißen Käse, aufbewahrt in einer Salzlake in einem Fass.

Warmes Essen gab es meistens erst am späten Nachmittag. Das wurde bei uns auf der Feuerstelle in der Küche zubereitet, wie dicke Mehlsuppe mit Brot, Gemüse mit Kartoffeln oder Reis. Manchmal gab es auch einen Eintopf mit weißen Bohnen. Weißer Käse und Eier wurden auch oft serviert. Geflügel, Rind- und Lammgehacktes gab es selten.

Folgende vier Dinge hatten wir immer im Haus für unsere Besucher: eine Flasche Raki (Traubenschnaps), Zucker, Zigaretten und Kaffee. Den Gästen wurde der Kaffee in kleinen Mokkatassen gereicht auf einem kunstvoll verzierten Tablett. Den Kaffee hatte die Mutter aus grünen Bohnen selbst geröstet. Ich durfte die Bohnen in einer schlanken Mühle feinmahlen, dann wurde das Kaffeepulver dreimal in Wasser aufgekocht. Mama trank den Kaffee mit Zucker aufgekocht, Vater ohne Zucker.

Also mussten wir in zwei verschiedenen Töpfen kochen, bevor das duftende Getränk in die Tassen gegossen wurde. Zum Kaffeetrinken setzten die Männer sich im Männerraum auf die Sofas und hoben die kleinen Mokkatassen hoch: ›Gezuar!‹, was man mit ›Wohl bekomm's!‹ übersetzen kann.«

»Hattet ihr oft Gäste, Besa?« »Nicht so oft, aber an einen Gast erinnere ich mich gut. Im Jahr 1970 klopfte ein Mann aus Bajram Curri bei uns an. Dieser Ort Bajram Curri liegt in Albanien, das damals unter strikter Diktatur von Enver Hoxha war. Dem jungen Mann war es gelungen, über die Berge zu fliehen, ohne von den Grenzwachen entdeckt zu werden.

Ihm wurde äußerste Gastfreundschaft entgegengebracht. Er wurde empfangen mit dem Spruch: ›Bukë, kripë dhe zemër!‹ (Brot, Salz und Herz). Diese Redensart drückt am besten aus, was unsere Gastfreundschaft ausmacht. Für uns war gemeinsames Essen mit der Familie auch in den schwierigsten Zeiten ein ›heiliges Ritual‹. Wenn ein Freund dazu herzlichst eingeladen wurde, reichte man auch in der einfachen Küche immer ›Brot, Salz und Herz‹.

Der Fremde aus Bajram Curri wurde auf der rechten Seite des Kamins platziert. Für ihn wurde auch ein Huhn geschlachtet, Raki gereicht und ein Trinkspruch gesagt: ›Mögest du hundert Jahre leben!‹ Der Gast erzählte von seinem Wunsch, endlich in Freiheit leben zu wollen. Ich konnte von der Küche aus die Männergespräche hören:

›Am besten wirst du Fernfahrer. Kannst du Auto fahren?‹ ›Nein.‹ ›Hast du einen Pass?‹ ›Ja, ich habe einem Touristen aus Italien seinen Pass gestohlen, als der in Kukës im See badete. Jetzt ist mein Foto in dem Pass. Ich heiße nun Giovanni.‹ ›Kannst du Italienisch?‹ ›Ich hab' immer italienisches Fernsehen heimlich geguckt, wenn ich die Tante besuchte in Durrës an der Adria. Dort konnte man italienische Sendungen empfangen.‹

›Dann nimm den Bus von Peja nach Dubrovnik, oder frag' einen LKW Fahrer, ob er dich mitnimmt. Versuch' nach Zadar zu gelangen und von dort aus immer an der Adriaküste entlang bis nach Koper zu kommen. In Koper bist du gleich an der Grenze zu Italien. Dann hast du es geschafft. Die werden dich nicht zurückschicken, Giovanni.‹

›Wenn du ganz geschickt bist, dann heiratest du eine Schweizerin. Dort bekommst du nach ein paar Jahren auch einen echten Schweizer Pass. Das ist der beste Pass. Du musst aber eine der Schweizer Sprachen lernen und vorher eine Prüfung in Deutsch, Italienisch oder Französisch machen.‹

Ich staunte sehr, was Vater alles wusste. Jedenfalls konnte der Gast sich bei uns ausruhen, so lange ihm danach war. Er bekam vom Vater etwas Geld, Brot und eine

Flasche Raki mit auf die Weiterreise. Vater kramte sogar eine alte vergilbte Landkarte für ihn aus. Dem Besucher blieb sicher das Klirren unserer antiken Porzellantassen im Gedächtnis, die gefüllt wurden mit starkem Kaffee zum Abschied.

Normalerweise saßen Vater, Mutter, meine Geschwister und ich im Wohnraum um einen Tisch herum, jeder auf einem Stuhl. Das war ungewöhnlich bei uns zu Hause, dass die ganze Familie immer gemeinsam aß. In anderen Familien bediente die Frau des Hauses die Männer am Tisch. Die Frauen und Mädchen aßen woanders.«

Ich unterbrach Besa: »Das hört sich alles nach viel Arbeit an.« »Ja, Carla, das war es auch. Wir hatten keinen Strom, also auch keine Waschmaschine und keinen Staubsauger. Deshalb durfte ich jeden Vormittag mit einem handgefertigten Reisigbesen in aller Ruhe die Zimmer fegen. Wäsche waschen war immer eine große Aktion. Mit den anderen Mädchen und Frauen gingen wir zum Fluss. Dort wurde die Wäsche mit Seife gesäubert und in der Sonne zum Trocknen aufgehängt. Die Frauen hatten meistens gute Laune mitgebracht und sangen.

Ich war ein zufriedenes Kind. Die Geschwister waren lieb, ich war Papas Liebling, und die Mutter ging nett mit mir um. Meine Mama sagte oft zu mir ›O shpirti im i vogël‹ und redete mich nicht mit meinem Vornamen an. ›Shpirti im i vogël‹ bedeutet so viel wie ›mein kleiner

Schatz‹. Also, ich hörte manchmal von ihr: ›Shpirti, geh in die Küche!‹ und ›O shpirti im, hol Holz!‹«

»Besa, das gefällt mir so an der albanischen Sprache. Die Namen und die Kosenamen sind immer so bedeutungsvoll. Sicher hat die Mutter deine gute Einstellung und dein Strahlen beobachtet. Wie hat dein Vater dich genannt?« »Mein Vater nannte mich ›Lume‹.« »Oh, das ist noch tiefgründiger! Vielleicht hat Papa den ›Fluss des Lebens‹ in dir gesehen, den ›lumi i jetës‹.« »Manchmal hat der Vater mich auch einfach nur ›Tajfuni‹ genannt, wenn ich nach Hause rannte, weil ich in seinen Augen ein Wirbelwind war.«

»Wie hieß dein Vater?« »Mein Vater hieß Martin, und meine Mutter Flora. Aber du weißt ja, Carla, damals hat man nicht die Nachnamen benutzt. Wir kannten alle Menschen nur bei den Vornamen.«

»Kannst du mir erzählen, was es sonst noch Besonderes oder Spannendes in eurem Bergleben gab?«

»In unserer Bergwelt waren die Hochzeiten immer ganz besondere Ereignisse. Hochzeiten wurden in meiner Zeit im Sommer gefeiert und dauerten drei Tage lang. Die Braut wurde von ihrer Familie in das Haus des Bräutigams gebracht. Wenn möglich, auf einem Esel sitzend. Die Braut musste die ganze Zeit traurig schauen. So verlangte es die Tradition.

Natürlich wurden bei einer Hochzeitsfeier viele Speisen aufgetischt, und der Alkohol floss durch die Kehlen der Männer. Dann tanzten die Männer miteinander, und die Frauen tanzten auch für sich. Das war eine Gelegenheit, bei der Männer und Frauen gerne eine Tracht anlegten.«

»Nun, ich habe bis jetzt von dir gehört, Besa, dass du ein glückliches Mädchen warst in deiner Bergwelt. Was war dein schönstes Kindheitserlebnis?«

»Oh Carla, wenn Mama das Heukissen meines Bettes frisch aufgeschüttelt hatte, liebte ich es, ins Bett zu springen. Im Garten passte ich auch gerne auf unsere Schweine und Schafe auf. Am glücklichsten fühlte ich mich unter einem Baum. Wenn ich mich an den Baum anlehnte, meinte ich, immer die Kraft dieses Baumes zu spüren. Und wenn ich dann nach oben in den tiefblauen Himmel blickte, sah ich, wie majestätisch die Adler hoch über den Bergen ihre Kreise zogen. Ich dachte mir, so wie der Adler hochsteigt, so werden auch meine Gedanken hochfliegen können, wenn ich es zulasse.«

Für mich waren diese Ereignisse in Besas Leben sehr aufschlussreich. Ich wollte noch mehr erfahren. Deshalb vereinbarte ich mit ihr ein weiteres Treffen. Diesmal aber in meiner Wohnung.

Der Adlersohn

Als Besa dann in meine Wohnung kam, war der Kaffee schon fertig, und wir setzen uns vor meinen Kamin. Besa war erstaunt, wie ich eingerichtet war mit Sesseln und Couch rund um die Feuerstelle. Wir sagten: »Gezuar!« Ich wollte jetzt von ihr wissen:

»Besa, wie war dein Vater?« Besa erzählte voller Emotionen: »Mein Vater war ein wahrer ›Adlersohn‹. Er verkörperte Stärke, Mut, Erhabenheit und Freiheitswillen. Ich empfand meinen Vater als ganz wunderbar. Der Papa war meine wichtigste und liebste Bezugsperson. Er war streng, gerecht und duldete keine Lügen. Die Ehe meiner Eltern wurde auch nicht vermittelt. Papa wollte meine Mutter sofort heiraten, als er sie in einem Garten stehen sah und sich unsterblich in sie verliebte.

Dieses Gartenmädel war aber schon bei der ersten Begegnung mit meinem Vater eine Witwe, weil sie als Sechzehnjährige mit einem sechzigjährigen Mann verheiratet worden war, welcher ein paar Jahre nach der Verheiratung starb. Sie hieß Flora, und Papa meinte immer, Mama sei die liebenswerteste Seele, der er je begegnet wäre.

Gegen den Willen seiner Eltern heiratete Papa nun diese junge Witwe, die meine Mutter wurde. Mit Mama Flora hatte er dann vier Kinder. Ich war die Jüngste. Meine Mutter konnte nicht schreiben und lesen. Aber mein Vater ermutigte sie immer zum selbständigen Leben. Sie konnte alleine und unbegleitet aus dem Haus gehen und durfte sogar alleine Einkäufe tätigen.

Das war sehr ungewöhnlich für einen Ehemann seiner Zeit, das verdiente Geld der Frau zu geben für Einkäufe. Also mit meinem Vater kamen auch frischer Wind und andere Formen des Familienlebens in die ›Verfluchten Berge‹.

Meine Mutter respektierte meinen Vater sehr und war ihm aufs äußerste dankbar und ergeben. Mama schaffte es aber nicht, schreiben und lesen zu lernen. Sie sprach mit dem Papa und mit uns Kindern immer Albanisch, sie beherrschte die serbische Sprache nicht.

Mein Vater war kein Analphabet. Er konnte sich auf Serbisch und auf Albanisch verständigen. Er kannte viele Orte im ehemaligen Jugoslawien und hatte es sogar unter Marshall Tito[1] bis zum General gebracht. Papa sollte in den USA weitergebildet werden, was aber der Großvater nicht erlaubte. Leider fiel der Papi dann bei den Vorgesetzten in Ungnade und wurde aus der Armee entlassen. Über die Gründe wurde zu Hause nie gesprochen.

Etwas nicht zu erzählen, hatte in dem damaligen aggressiven Vielvölkerstaat von Jugoslawien nichts zu tun mit Misstrauen der Ehefrau oder der Familie gegenüber, sondern diente dem Schutz der Familie. Etwas nicht zu wissen erhöhte die Sicherheit der Familie. Das war besser als zu viel zu wissen und dann unbedacht bei den falschen Leuten etwas auszuplaudern.

Vater musste jetzt mit anderen Tätigkeiten Geld verdienen, arbeitete manchmal sogar in Montenegro. Womit Vater sein Geld verdiente, das hat er zu Hause auch nie erzählt und aus besagten Gründen nicht erklären wollen. Aber als Oberhaupt des Haushalts erledigte er auch oft Einkäufe und brachte Mehl, Nudeln, Reis, Zucker und Raki nach Hause. Im Sommer fand Vater auch große Wassermelonen.

Papa wusste aber nicht nur sehr viel. Er war auch ein Kämpfer und stand für seine Überzeugungen ein. So gab es einmal ein Feuer in einem Nachbarort. Er fuhr mit seiner Kutsche zu der Feuerstelle. Die Holzhütten brannten, die Bewohner hatten schon fluchtartig ihre Behausungen verlassen. Dem Vater fiel auf, dass ein kleines Mädchen nicht bei den Flüchtenden war. Vater fragte nach ihr. Er bekam aber nur zu Antwort: ›Die ist wahrscheinlich noch in der Hütte. Lass sie, Martin, ist doch nur ein Mädchen.‹

Vater hörte nicht auf die Leute, rannte durch das Feuer und holte das Mädel aus den Flammen. Als niemand die Kleine nehmen wollte, brüllte er die Gruppe an: ›Und die Kleine bleibt jetzt bei mir. Ich habe so viele Kinder durchgebracht, um dieses Kind werde ich mich auch noch sorgen, sie bleibt jetzt bei uns!‹

Das war mein Vater! Sein Mut, seine Standhaftigkeit und seine feste Meinung brachten ihm aber nicht nur Freunde ein. Er wurde deswegen von anderen Männern manchmal gemieden.

Noch etwas fällt mir zu meinem Vater ein: Er fragte nie, wenn ein Kind geboren wurde: ›Ist es ein Junge?‹ Er fragte immer: ›Ist das Kind gesund?‹ Es war dem Vater auch wichtig, dass seine Kinder in einer medizinischen Ambulanz oder in einem Spital geboren wurden und nicht zu Hause.«

»Oh Besa, da hattest du ja großes Glück mit deinem Vater.« »Ja, das hatte ich auch. Er war schon ein ganz besonderer Mann. Ein Mann, wie meiner Ansicht nach die Männer sein sollten. Deshalb bin ich der Meinung, dass er ein wahrer Adlersohn ist, nicht nur weil die Übersetzung des Wortes ›Albaner‹, also ›shqiptar‹ ›Adlersohn‹ bedeutet.

Mama hat mich aber auch vor den Wölfen gewarnt, wenn ich draußen unter dem Baum war, weil die Wölfe uns unerwartet angreifen, wenn sie Futter suchen. Zum Glück bin ich als Kind nie einem Wolf begegnet. Aber Mama meinte, manche Menschen sind wie Wölfe, die sich verkleidet haben. Ich verstand nicht, was Mama damit meinte.«

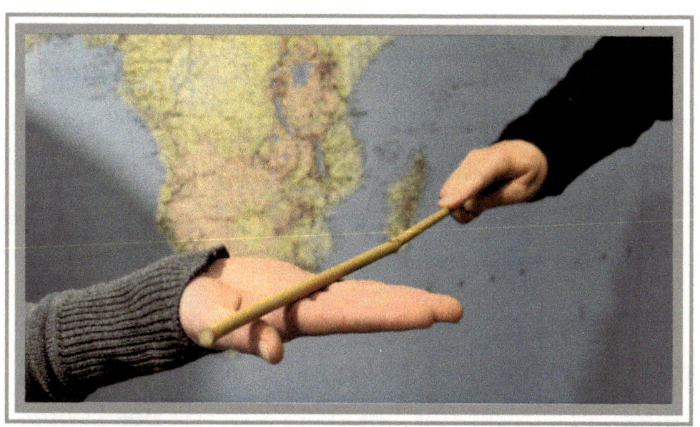

Die Tragödie beginnt

Mit bebender Stimme erzählte Besa weiter: »Diese Idylle war von einem Tag zum anderen für immer zu Ende, als ich in die Schule kam. Die Grundschule war in dem Ort Mošivar. Dieser Ortsname ist schwer auszusprechen. So schwer wie die Zeit an diesem Ort. Ich lief von Mirvëndi zu Fuß in die Schule. Dazu brauchte ich ungefähr eine Stunde.

So nebelverhangen wie viele Tage in den Bergen war meine Schulzeit. Die erste Schulwoche in Mošivar lief noch ganz entspannt mit zwanzig anderen Erstklässlern, Buben und Mädchen. Wir lernten unseren Lehrer kennen, der immer einen schwarzen Anzug anhatte und mit Herr Professor angesprochen werden musste. Wir sprachen Albanisch in der Schule.

In der zweiten Woche fingen wir an zu schreiben. Ich hatte das erste Mal den Eindruck, dass ich in einer Art ›verkehrte Welt‹ aufgewachsen war. Ich hielt den Bleistift in der linken Hand. Als ich anfing zu schreiben auf einem weißen Blatt Papier, schlug der Lehrer mir auf meine Finger mit seinem Zeigestock. Das Blut spritzte an die Wand, und ich hatte Schmerzen.

Am nächsten Tag ging ich wieder in die Schule. Als wir unseren Bleistift in die Hand nehmen sollten, tat ich es automatisch mit der linken Hand. Als der Lehrer das sah, fing er an zu brüllen: ›Ich will keine Behinderte in der Klasse haben, dich mach' ich aber auch noch normal.‹

Von da an begann eine regelrechte Folter in der Schule für mich. Ich wurde an die Tafel gerufen, um zu schreiben. Als ich die Kreide mit der linken Hand anfasste, packte der Lehrer meinen Kopf von hinten und stieß meinen Kopf solange gegen die Tafel, bis ich bewusstlos wurde. Er war wohl der Meinung, dass in meinem Kopf etwas nicht ganz in Ordnung war, und dass Gewalteinwirkung mein Gehirn umstrukturieren würde.

Des Weiteren wurde meine linke Hand hinter dem Rücken festgebunden. Dann bekam ich Schläge mit dem Lineal. So ging das unendlich weiter, jeden Tag in der Schule Schläge und schlimme Worte. Ich versuchte, die rechte Hand zu benutzen, aber die rechte Hand konnte ich nicht so bewegen, wie ich sollte. Ich konnte mit rechts keinen Stift halten, ich konnte auch mit der rechten Hand keinen Ball werfen.

Das Schlimmste war aber, dass mir so viel Gewalt in der Schule angetan wurde. Ich mag gar nicht beschreiben, welche Schmerzen mir das als Kind bereitete. Wenn ich aber schrie, dann wurde ich nur noch zusätzlich getreten und gewürgt.«

Ich unterbrach Besa: »Das kommt mir vor, als ob der Teufel weiterlebte in eurer Gegend und dich mit seiner Hand schlug, so wie er mit seinem Schwanz die tiefen Schluchten ins Gebirge geschlagen hat. Dieser Satan hat tiefe Spuren in deiner Seele hinterlassen.«

»Ja, das hat die Hand dieses satanischen Lehrers getan. Und zu Hause konnte ich nicht erzählen, was der Lehrer in der Schule mit mir machte. Ich habe aus Angst nichts erzählt, weil man mir immer wieder eingetrichtert hatte: »Auf den Lehrer musst du hören wie auf den Vater!«

Die Mutter hat wohl meine blutige Hand gesehen und manchmal einen Verband angelegt. Aber wenn ich der Mutter erzählt hätte, warum ich in der Schule Prügel bekam, dann hätte meine Mutter mir wahrscheinlich auch Ohrfeigen gegeben. So hat Mutter einfach mir keine Fragen gestellt.

Ich hatte Angst, weiter in die Schule zu gehen. Der Lehrer drohte: ›Ich werde dich so lange schlagen, bis das Gehirn an der richtigen Stelle sitzt, oder ich werde dir die blöde Hand abhacken.‹

Ich hatte aber auch Angst, zu Hause weggeschickt zu werden, wenn der Lehrer den Eltern sagen würde, dass ich behindert sei. Also bin ich aus Angst vor den Schlägen nicht mehr in die Schule gegangen. Ich habe die Schule geschwänzt, mich unter meinen Lieblingsbaum hingelegt, bis die Schule aus war. Dann ging ich nach Hause.

Mir kamen sogar Gedanken wie ›Mama schlägt mich tot, wenn Papa weg ist.‹ Ich hatte grenzenlose Angst vor allem, auch vor der Zukunft, denn mit einem Handicap konnte man mich auch nicht verheiraten.

Also bin ich in der Schule in Mošivar sitzengeblieben und habe selbst, wenn ich alleine war, mit meiner rechten Hand gesprochen, habe der Hand beigebracht, die Finger zu bewegen, mit den Fingern zu spielen. So ganz allmählich konnte ich einen Löffel und auch einen Stift in die rechte Hand nehmen. Aber mein Vater starb und wusste nicht, dass ich eine Linkshänderin war. So bin ich mit meinem Dilemma umgegangen: nicht darüber reden und Verschweigen der Schmerzen.«

Als Besa aufhörte zu reden, konnte ich nur den Kopf schütteln und sie in den Arm nehmen. Schließlich fragte ich sie: »Besa, wie beurteilst du heute deine Kindheitszeit?«

Besa antwortete nur: »Mutter sagte zu mir, ›Merk dir, wir Frauen sind wie Schläuche (auf Albanisch ›shakull‹). Wir müssen Kinder in uns wachsen lassen und herausdrücken. Das ist unsere Aufgabe. Und wir müssen arbeiten und kochen, damit sich der Mann zu Hause wohlfühlt. Dem Mann also keine Sorgen machen, und dem Papa keine Sorgen machen.‹

Das waren die längsten Sätze, die Mutter je zu mir gesagt hatte. Meine Kindheit war eine Vorbereitungszeit, mich richtig zu verhalten als Mädchen, verheiratet zu werden und Kinder zu bekommen.«

Was Besa in ihrer Kindheit widerfuhr, reflektiert die traurige Unwissenheit einer rückständigen Umgebung. Linkshänder waren in den Bergen genauso gebrandmarkt wie im alten Rom die linkshändigen Sklaven. Sie galten als »beschädigt« und waren weniger wert.

Die Menschen in der Berggegend waren ganz weit weg von den heutigen pädagogischen Erkenntnissen. So gilt Umtrainieren von Linkshändigkeit in Deutschland heute sogar als Körperverletzung. In Mitteleuropa ist zum Glück klar: Linkshändigkeit ist eine normale Variante der biologischen Entwicklung, die im Alltags- und Arbeitsleben zu berücksichtigen ist.[2] Es gibt sogar Füllfederhalter für Linkshänder.

Im deutschsprachigen Raum weiß man, dass das Umtrainieren von Linkshändigkeit zu Sprach-, Gedächtnis- und Konzentrationsstörungen führt bis hin zu Schulabbruch, Stress und Minderwertigkeitsgefühlen. Alles das, was Besa in extremer Form in ihrer Kindheit durchleben musste. Und ein Lehrer, der Schüler schlägt, würde in Deutschland aus dem Schuldienst entlassen werden. Die Prügelstrafe wurde in der Deutschen Demokratischen

Republik, dem damaligen »Bruderland« von Jugoslawien, schon 1949 abgeschafft.

Mir schoss noch eine Frage durch den Kopf: »Besa, kann es sein, dass das Festhalten an alten Traditionen noch mehr die rückständige Mentalität förderte?«

»Der Aberglaube aus vorchristlicher Zeit ist noch allgegenwärtig. Also das Festhalten an uralten Vorstellungen fördert die rückständige Mentalität. Die Menschen haben zum Beispiel Angst vor dem ›bösen Blick‹, und fast jeder trägt ein Amulett zum Schutz davor. Sie haben Angst davor, dass die negativen oder neidischen Gedanken von anderen Menschen Unheil bringen. Die Ursachen von Tod und Krankheit wurden und werden dem ›bösen Blick‹ zugeschrieben, nicht Viren, Bakterien, Herzversagen oder der Trunksucht. Somit wurden auch gewisse Menschen verteufelt.

Es gibt unzählige abergläubische Praktiken im Alltag. So zum Beispiel, wenn jemand im Haus krank ist, nimmt man kleine Stücke der heißen Glut aus dem Kamin und lässt sie ins Wasser fallen. Dabei werden die Namen aller Personen genannt, welche diese Person mit dem ›bösen Blick‹ angeschaut hat. Die Glut, die im Wasser versinkt, ist die Person, die dem Kranken den ›bösen Blick‹ zugeworfen hat.«

»Hat Vater Martin das auch geglaubt?« »Nein, Papa hätte den Arzt gerufen oder uns in eine Krankenstation gebracht mit der Kutsche. Aber die Menschen dort glauben auch, wenn Kinder krank sind, hat ihnen jemand einen ›bösen Blick‹ zugeworfen.«

Besa hingegen erzählte dem Baum von ihren Schmerzen. Wenn sie sich an den Baumstamm lehnte, ließen ihre Schmerzen nach, die seelischen und die körperlichen. Sie atmete tiefer und stellte sich vor, dass auch in ihrem Leben es Veränderung und Wachstum geben würde, so wie der Baum in den verschiedenen Jahreszeiten sich veränderte.

Sie sang dem Baum auch ihr Lieblingslied. Dieses Lied mit einer Melodie voller Sehnsucht und Harmonie half ihr. Es besingt die Schneeblume[3], rührt sie heute noch zu Tränen und begleitete sie ein Leben lang. Der Schmerz löste sich auf, wenn sie den Refrain summte:

> *Eja, eja luleborë,*
> *se me ty do thur kuror.*
> *Eja, eja luleborë,*
> *se me ty do thur kuror.*
>
> *Komm, komm Schneeglöckchen,*
> *dass ich mit dir einen Kranz stricke.*
> *Komm, komm Schneeglöckchen,*
> *dass ich mit dir einen Kranz stricke.*

Und sie sah in den blauen Himmel, sah den Adler und dachte: »Ich bin die Tochter eines Adlersohns. Ich werde immer wieder aufsteigen, so wie die Adler es mich lehren.«

Der Kanun und die Frauen

Wir unterhielten uns weiter, und ich hörte jetzt noch aufmerksamer zu. Besa sagte jetzt zu mir: »Aber noch schlimmer als der Glaube an den ›bösen Blick‹ ist die Blutrache. Du musst bedenken, dass das Gesetz der Blutrache unser Leben im Norden am meisten bestimmte und auch jetzt immer noch regelt, obwohl – wie auf dem Foto – vor allem junge Menschen gegen die Blutrache protestieren (Übersetzung: ›Genug der Blutrache‹).

Blutrache heißt auf Albanisch ›gjakmarrje‹ und bedeutet ›Blut nehmen‹. Das ist ein Grundprinzip des sogenannten Gewohnheitsrechts, welches ›Kanun‹ genannt wird. Die Entstehung des Kanun hängt eng mit den Lebensumständen der patriarchalischen Gesellschaft in den unzugänglichen nordalbanischen Bergen zusammen. Die auf sich gestellten Menschen mussten selbst für Recht und Ordnung sorgen.

Dieses Gewohnheitsrecht wurde vermutlich schon in der Zeit vor dem Einfluss der Osmanen angewandt. Im 15. Jahrhundert wurde der Kanun von einem Lekë Dukagjini systematisch formuliert, aber erst sehr viel später zu Beginn des 20. Jahrhunderts niedergeschrieben.

Grundlage des Kanuns ist das Leben in der Großfamilie, in der meist drei Generationen nach den Befehlen des ältesten Mannes der Familie unter einem Dach wohnten. Dieser Kanun regelt die alltäglichen wie auch die außergewöhnlichen Dinge des Lebens. Grundpfeiler des Gewohnheitsrechts sind die Gastfreundschaft, die männliche Ehre und die Blutrache.

Das staatliche Rechtssystem ist mit dem Kanun nicht vereinbar. Blutrache verträgt sich auch nicht mit dem Rechts- und Werteverständnis der verschiedenen Religionen. Trotzdem hat im albanischen Norden die Blutrache Vorrang vor dem Tötungsverbot des Christentums und des Islam.

Klassische Situationen, die zu einem Mord führen, sind oft Grundstückskonflikte, Ehrverletzungen und Eifersucht. Blutrache gilt als ethische Handlung, um das Gleichgewicht innerhalb einer Gesellschaft zu erhalten.

Die Familie, die einen Toten zu beklagen hat, wählt ein männliches Familienmitglied aus, das den Rachemord begehen muss. Dieser Mann steht dann unter hohem gesellschaftlichem und familiärem Druck. Dabei werden er und seine Familie von der Gemeinschaft privilegiert und dürfen von der Täterseite nicht beleidigt oder provoziert werden.

Die Täterfamilie hingegen wird gemieden. Ihre Männer sind nur im eigenen Haus vor dem Rachemord sicher. Dieses Haus ist für den Rächer tabu. Frauen und Minderjährige sind von Racheakten nicht betroffen. Sie übernehmen Arbeiten außerhalb des Hauses wie die Feldarbeit.

Die Familie des Täters versucht in der Regel, den Gegenmord zu verhindern. Sie schickt schnellstmöglich einen Vermittler zur Familie des Opfers, um eine Friedenszeit oder einen Waffenstillstand zu erbitten. Wenn die Familie des Täters einen Waffenstillstand erhält, brauchen die männlichen Familienmitglieder keine Rache zu fürchten. Sie können sich frei bewegen, meiden aber die Familie des Getöteten, um sie gütig zu stimmen.

Diese Zeit der Ruhe kann oft Jahre dauern. Vermittler sind Autoritätspersonen mit viel Erfahrung und ohne eigenes Interesse. Nach erfolgreichem Erbitten einer Reihe von Waffenstillständen erfassen die Vermittler eine günstige Stimmung für den Vorschlag zur Versöhnung (pajtim) oder zur Verzeihung (falje). Versöhnung geschieht entsprechend den Bedingungen der Opferfamilie. Diese verlangt eventuell eine Kompensation oder fordert, dass die Gegenseite aus der Dorfgemeinschaft wegziehen muss.

Wird kein Waffenstillstand gewährt, muss jederzeit mit einem Rachemord gerechnet werden. Er wird nicht geheim ausgeübt. Der Rächer muss sein Opfer vorher warnen und darf es auf keinen Fall von hinten überfallen. Der Rächer braucht die Öffentlichkeit, um zu beweisen, dass er seine familiäre und gesellschaftliche Pflicht erfüllt hat. Nach der Tat lässt er die Familie verständigen und den Toten zu ihr bringen. Nach dem Mord gilt die Tat als ausgeglichen und erledigt.

Nur beiden kommunistischen Regierungen in Albanien und in Jugoslawien war es gelungen, die Blutrache fast völlig zu beseitigen. Nach der Wende der neunziger Jahre drang der Kanun wieder an die Oberfläche. Da unter den Augen der westlichen Welt Blutrache oft schwierig durchzuführen ist, hat man sich mehr der ›Hakmarrje‹, der Rache zugewandt, also persönliche Rache und Vergeltung üben für ein Unrecht oder Missverständnis nach allen Regeln des Erlaubten.

In der heutigen Zeit sollte man nicht mehr von Kanun oder Blutrache sprechen, sondern von Kriminalität. Diese alte Ordnung passt nicht mehr zu einer Gesellschaft, die sich nach Europa hin orientiert und passt überhaupt nicht mehr in die heutige Zeit.«

Meine weiteren Fragen an Besa sprudelten aus mir: »Besa, welche anderen Regeln für das Zusammenleben hat der Kanun außer den Strafen mittels Blutrache? Oder genauer gefragt, welche Regeln schreibt der Kanun für das Zusammenleben von Mann und Frau vor, und was sind die Aufgaben einer Frau nach dem Kanun? Wie sind die Vorschriften für das Leben der Mädchen und Frauen, die in dieser rückständigen Gegend lebten und noch leben, die keine Rechte haben, die immer noch verheiratet werden und deren Aufgabe es ist, im Haushalt zu dienen und Kinder zu gebären?«

»Also, Carla, nach dem Kanun ist zum Beispiel die Aufgabe der Frauen und Mädchen die Arbeit im Haus. Sie müssen für Mittag- und Abendessen sorgen, Wasser abkochen, den Tisch decken und die Speisen verteilen. Danach abwaschen und putzen.

Sie sind weiter für die Erdfrüchte wie Kartoffeln und Karotten verantwortlich, damit sie gut gedeihen. Des Weiteren dürfen sie darauf achten, dass nicht ohne Erlaubnis des Hausherrn gekauft, verkauft oder getauscht wird.

Die Mutter weist die Töchter an, zu kochen, zum Wasser zu gehen, zu putzen und zu ernten. Von der Frau des Hauses wird erwartet, dass sie die Menschen im Haus gerecht behandelt, auch die Kinder, und niemanden bevorzugt.

Mädchen haben allerdings kein Recht, sich den zukünftigen Ehemann auszusuchen. Ein Mädchen wird zu dem Mann gehen, mit dem sie verlobt wurde. Diese Verlobung wird von den Familien arrangiert. Sie hat auch nicht das Recht, sich in die Vermittlung oder das Verlöbnis einzumischen. Diese Prozedur ist auch geregelt. Ein Vermittler (shkues) übernimmt es, bei den Eltern des jungen Mannes und bei den Eltern des Mädchens sogenannte ›Fürsprache‹ einzulegen.

Wenn das Mädchen allerdings nicht gehorcht und nicht zu dem Gatten geht, mit dem sie verlobt wurde, dann wird sie dem Ehemann mit Gewalt ausgeliefert. Wagt das Mädchen zu fliehen, so darf der Ehemann das Mädchen erschlagen.

Das Mädchen wird mit der Heirat Eigentum des Ehemannes. Sie hat ihrem Mann zu gehorchen und ihm zu dienen. Wenn das Mädchen Glück hat, dann passen die Charaktere zusammen, und es kann sich in der Ehe eine Art Zusammenhalt, Freundschaft oder Respekt entwickeln. Wenn nicht, dann bleibt sie die Sklavin und Dienerin der Mannes.

Es wird interessanterweise im Kanun auch nicht erwähnt, dass die Frau eine Seele hat. Somit ist die Frau eine niedere Kreatur, und nur der Mann ist ein Mensch. Diese Betrachtungsweise macht klar, dass die Frau keinerlei Rechte hat und das Vieh mehr wert ist als eine Frau.

Die traditionell einzig akzeptierte Möglichkeit, nicht Eigentum eines Mannes zu sein, war, eine ›Burrnesha‹[4] zu werden. Burmeshas waren Frauen, die das Leben eines Mannes führen wollten. Sie übernahmen in ihrer Familie die Rolle eines Mannes und verzichteten dabei auf sexuelle Beziehungen, Ehe und Kinder. Sie legten vor den Ältesten der Gemeinde oder des Stammes einen Schwur ab und wurden fortan als Mann behandelt. Sie trugen Männerkleidung und Waffen.

Gründe für die Entscheidung, als Mann zu leben, waren die Vermeidung einer ungewollten Ehe oder das Fehlen eines männlichen Familienoberhaupts sowie der Wunsch nach einem freien Leben außerhalb des Hauses mit mehr Möglichkeiten. Viele Historiker interessierten sich für diese Gegend, weil es gerade dort schon immer Frauen gab, die das Leben eines Mannes führen konnten[5]. Oder wie man heute salopp sagen würde, Amazonen beziehungsweise Transmänner gab es auch dort in den Wilden Bergen.«

Jetzt unterbrach ich Besa: »Ich finde es auch sehr aufschlussreich, dass man im Albanischen sagt: ›Te dua‹. Das heißt wörtlich übersetzt: ›Ich will dich‹. Wenn dies allerdings mit ›Ich liebe dich‹ übersetzt wird, so ist das in meinen Augen Schönfärberei. Denn jemandem zu sagen ›Ich will dich‹, das reduziert den Menschen zu einem Besitztum. Drückt eigentlich die ganze Einstellung in zwei Worten aus: Ich will dich als mein Eigentum, als die Mutter meines Sohnes, als Erfüllerin meiner Begierden, als mein Spielzeug oder als mein Aushängeschild.« Besa nickte mit dem Kopf, atmete tief, aber sagte nichts.

Diese Art, mit diesen zwei Worten seine Einstellung und Emotionen auszudrücken, gibt es leider auch in anderen Sprachen, auch in der englischen Sprache (I want you). Natürlich könnte man sich auf Albanisch auch anders ausdrücken (Te dashuroi – Ich liebe dich), aber das hörte ich meistens nur in schmachtenden Liedern.

Mehr dazu siehe im Quellenverzeichnis 6) und 7)

Nichts wie weg

Als Besa acht Jahre alt war, hatte es ihr Vater hinbekommen, dass seine Familie das Haus in Mirvëndi für immer verlassen konnte, um in der Hauptstadt Prishtina zu leben. Papa Martin war jetzt 55 Jahre und in dem Alter, in dem die Männer in Rente gingen im damaligen Jugoslawien. Er hatte in Prishtina ein Haus für die Familie gefunden. Er war sehr glücklich mit seiner Wahl, denn er konnte als Rentner jetzt mehr unternehmen als in Mirvëndi.

»Vater gab der Mutter einige Freiheiten, die ich selbst später nie hatte. Papa vergnügte sich jetzt als Rentner damit, dass er sich mit anderen Männern in Caféhäusern traf. Er brachte nicht mehr Gäste oder Freunde nach Hause. Man traf sich draußen, was er in Mirvëndi und Mošivar nicht konnte. Es war eine regelrechte Kaffeekultur; ein Kaffeehaus stand neben dem anderen, und drinnen saßen nur Männer.«

Und die Frauen? Die trafen sich auch zum Schwätzchen in den Wohnungen. Aber unter den Frauen gab es nicht diesen Zusammenhalt wie unter den Männern. Frauen hatten entweder immer viel zu tun oder keine Lust zu den ›Weibergesprächen‹, in denen es meistens darum ging, wer besser aussieht und wessen Mann mehr Geld nach Hause bringt.

Aber brachte dieser Umzug in eine Großstadt auch eine Verbesserung der Lebensbedingungen für Besa? Ich fragte Besa und sie erzählte:

»Prishtina war nicht weit von Mirvëndi, etwa zwei Stunden Fahrt mit dem Auto, aber eine andere Welt. Mit wenigen Habseligkeiten zogen wir um in die Großstadt, der Vater, die Mutter, die Geschwister und ich. Ich war acht Jahre alt. Alle Nachbarn waren auch weg, nur noch fünf alte Leute und ein paar ergebene, desillusionierte junge Familien blieben in Mirvëndi.

Der Name dieser Hauptstadt des Kosovo wird auf Albanisch Prishtinë beziehungsweise Prishtina geschriebenen, auf Serbisch Приштина, und in der deutschen Sprache findet man manchmal die Schreibweise Prischtina. Das deutet schon darauf hin, worauf wir uns einstellen mussten in dem neuen Ort. Wir mussten uns auf Zweisprachigkeit einstellen.

Ich lernte in meinen jungen Jahren, dass Prishtina eine sehr unruhige Vergangenheit hatte. Während des Zweiten Weltkrieges wurde Prishtina dem italienischen Besatzungsbereich unterstellt. 1943 folgte die deutsche Wehrmacht als Besatzer. 1944 eroberten jugoslawische Partisanen die Stadt, die danach in den jugoslawischen Staat eingegliedert wurde. Prishtina erhielt 1974 den Status der Provinzhauptstadt der neu gegründeten autonomen Provinz Kosovo.

Die Hauptstadt des Kosovo begrüßte mich jeden Morgen mit einem eigenartigen Geruch. Es war offensichtlich, dass die vielen Gebäude und die großen Wohnkomplexe mit Kohle geheizt wurden. Die Häuser hatten alle Farbstufen von Grau eingenommen durch den Rauch aus den Schornsteinen, auch unser neues Haus. Also wirklich schön war Prishtina nicht, aber die Menschen begegneten uns mit Freundlichkeit und Hilfsbereitschaft. Die neuen Lebensaufgaben der Eltern waren jetzt: Ladengeschäfte finden, Küchenmöbel, Fernseher, Waschmaschine und Staubsauger kaufen.

Ich merkte bald, dass ich in einer anderen Welt aufgewachsen war. Wenn ich »ja« sagte zu etwas, da schwenkte ich meinen Kopf nach rechts und links. In der neuen modernen Welt bedeutete Kopf schütteln »nein«! Wenn ich aber »nein« meinte, dann hob ich meinen Kopf senkrecht nach oben und schnalzte mit der Zunge. Und das bedeute in meinem jetzigen Umfeld »ja«! In Prishtina verstanden viele Menschen diese Art von Körpersprache nicht. Sie machten Bemerkungen wie: »Ach, das macht man noch so in den Bergen.«

»Oh Besa, gingst du in Prishtina weiter in die Schule?«, wollte ich wissen.

»Ja, Carla, ich habe die Hauptschule in Prishtina von der vierten bis zur achten Klasse besucht. Meine Linkshändigkeit war zum Glück in Prishtina kein Problem mehr. Ich hatte jetzt eine Lehrerin und sagte der netten Dame gleich am ersten Schultag, dass ich gern mit der linken Hand schreibe. Die Lehrerin meinte lächelnd: »Das kriegen wir schon hin.«

Ich ging jetzt gerne in die Schule. Meine Lehrerin war verständnisvoll, konsequent, und kein Kind bekam Schläge. Ich lernte, meinen Kopf zu schütteln, wenn ich nein sagen wollte, und zu nicken, wenn ich meine Zustimmung ausdrücken wollte. Ich war befreit von der sadistischen Behandlung durch den ignoranten Lehrer in Mošivar, konnte zuhören oder auswendiglernen. Jetzt war ich von meiner Angst vor der Schule befreit, aber gleichzeitig auch traurig, weil es mitten in der großen Stadt keine Bäume gab und keine Tiere. Natürlich flogen auch keine Adler über Prishtina.

Als ich zwölf Jahre alt war, fing ich an, nach dem Schulunterricht als Kindermädchen zu arbeiten. Das hatte meine Mutter arrangiert. In der Nachbarschaft sollte ich auf zwei kleine Kinder aufpassen, deren Eltern am Nachmittag nicht zu Hause waren. Ich beruhigte die

Kleinen, wenn sie weinten, spielte mit ihnen und krabbelte auf dem Teppich herum.«

»Hast du das gerne gemacht, Besa? Mir kommt das so vor, als ob das schon eine Vorbereitung war auf deine zukünftige Rolle als Frau und Mutter. Du warst zwölf Jahre alt und schon bald im heiratsfähigen Alter.«

»Ja, das hat mir Spaß gemacht, und die Kinder mochten mich. Aber ans Heiraten habe ich noch nicht gedacht. Und leider war das Beaufsichtigen der Kinder bald zu Ende. Ich hatte nämlich einen Fehler gemacht. Die Kekse für die Kinder waren abgezählt, und ich aß vier Kekse selbst, weil ich hungrig war. Das durfte ich aber nicht. Mein Mutter wurde informiert, und ich habe Prügel bekommen. Kekse essen wurde als Diebstahl betrachtet. Ich hatte damit meine Mutter blamiert.

Mit der Zeit besuchten uns junge Männer zu Hause, die ihr Interesse an mir zum Ausdruck brachten. Ich hatte aber kein Gefallen an den Männern. Ich fand sie langweilig, nicht so angenehm wie meinen Vater. Es war mir schon klar, dass ich bald heiraten sollte. Ich hätte gerne einen Mann wie meinen Vater geheiratet. Es hätte auch ein Albaner aus Tirana sein können, denn dann hätte ich endlich das Meer kennengelernt. Sicher hätte ich Freundinnen gefunden, und wir wären mit nackten Füßen den Meeresstrand entlanggegangen, hätten geplaudert, einen Kaffee zusammen getrunken. Ja ehrlich, alle Kosovaren wollen wenigstens einmal im Jahr am Meer Urlaub machen.

Mein Bruder war in der Zwischenzeit nach Deutschland umgezogen. Ich sollte, als ich fünfzehn Jahre war und meine Schule beendet hatte, zur Beaufsichtigung von Kindern für eine kurze Zeit auch nach Deutschland mit ihm fahren. Der Bruder und ich überschritten die Landesgrenze an meinem fünfzehnten Geburtstag ohne meine Eltern, ohne dass ich die Sprache konnte oder irgendwelche Informationen über dieses Land hatte.

Weit weg von meinen Eltern hatte mein Bruder ohne Einschränkungen über mich zu entscheiden. Unsere sozialen Normen verlangten, dass gerade in einer mir unbekannten Umgebung ich dem Bruder nicht zu widersprechen hatte.

Beim Abschied gab man mir noch einmal mit auf den Weg, dass ich zu gehorchen, zu arbeiten und zu schweigen hatte. Aus diesem Grund – das Ansehen meiner Eltern und meines ältesten Bruders nicht zu beschädigen – ließ ich alles um mich herum geschehen.«

»Besa, was waren deine Erwartungen, als du das erste Mal von Prishtina in ein anderes Land gereist bist?«

»Oh, ich hatte mich an das erinnert, was damals der Gast aus Bajram Curri sagte. Ich erwartete ein Leben mit großen Freiheiten, hatte gehört, dass Mädchen dort allein ausgehen können, Partys feiern, kurze Kleider tragen. Ich hatte immer wieder gehört, dass außerhalb des Kosovo das Leben besser ist.«

Ich unterbrach Besa: »Wenn man der Statistik[8] Glauben schenken kann, so lebt ein Drittel der Kosovaren im Ausland, und die Hälfte der Menschen, die im Kosovo noch leben, möchte das Land verlassen. Die Statistik behauptet auch, dass die Hälfte der verbliebenen Bewohner unter 25 Jahre alt ist. Diese Zahlen geben interessante Hinweise, was die Bevölkerung des Kosovo vom Leben erwartet. Ich kann schon verstehen, dass deine Mutter und dein Vater dich weggehen ließen, weil sie glaubten, dass du ein besseres Leben haben wirst in Deutschland. Was waren deine ersten Eindrücke von diesem Land?«

»Ich habe gefroren und hatte keinen warmen Mantel dabei. Ich verstand kein einziges Wort, was die Menschen sagten, musste mich mit den Händen verständigen und kam mir sehr dumm vor. In der Wohnung des Bruders war es zumindest warm. Aber ich vermisste das Essen von zu Hause. Es gab keinen weißen Käse, und auch das Brot schmeckte mir nicht. Die Tomaten waren geschmacklos, außerdem konnte ich die Toilette nicht richtig bedienen. Ich kann mich noch nicht mal erinnern, wie der Wohnort meines Bruders damals hieß.

Dann wurde ich im Alter von fünfzehn Jahren verheiratet. In der Fußgängerzone im Wohnort meines Bruders wurde ich vom besten Freund meines Bruders ›verkauft‹ an einen gewissen Luan. Ich wurde vermittelt, ohne gefragt zu werden. Dieser Luan war auch aus den ›Wilden

Bergen‹. Luan bedeutet auf Deutsch ›Löwe‹, und so sah er auch aus.

Er war fast zwei Meter groß und muskulös. Luan war 28 Jahre alt, als er mich zur Frau nehmen wollte. Er hatte nie eine Schule besucht, aber in der Stadt Würzburg hatte er eine Arbeitsstelle als Hilfsarbeiter in einer Metallwarenfabrik. Er roch auch irgendwie immer nach Metall. Viele Männer fragten ihn, ob er Profiboxer wäre. Da fühlte sich Luan sehr geschmeichelt und antwortete: ›Ja, Schwergewicht!‹

Mir gefiel dieser Luan nicht. Ich wollte ihn nicht heiraten. Der Heiratsvermittler sagte mir nur kaltherzig: ›Dann wird dein Bruder zerstückelt.‹

Damit es kein Blutbad, keine ›Gjakmarrja‹ gab und mein Bruder am Leben blieb, habe ich mich sozusagen geopfert und dieser Ehe mit Luan nicht widersprochen. Ich habe meinem Papa nicht gesagt, dass ich diese Ehe nicht eingehen wollte. Meine Mutter wollte ich auch nicht verraten, weil sie diese Ehe gebilligt hatte.

Mein Bruder erzählte mir jetzt, dass viele Männer aus dem Kosovo mit zwei Frauen gleichzeitig verheiratet seien. Mit einer deutschen Frau, weil der Ehemann aus dem Kosovo dann nach fünf Jahren Wartezeit die deutsche Staatsangehörigkeit bekäme, und mit einer Frau im Kosovo, mit der er viele Söhne haben werde. ›Du hast also Glück‹, meinte mein Bruder, ›wenn dieser Mann nur dich zur Frau nimmt und dich nach Deutschland holt. Also Söhne zur Welt bringen, Söhne! Und du musst nicht fliehen, um der Armut zu entkommen, nur heiraten!‹ Das war die Überzeugung meines Bruders.

Das lief eben alles nach den Gepflogenheiten und Lebensgewohnheiten der Menschen in den ›Wilden Bergen‹ und nach den Regeln des Kanun. Ich erzählte niemandem etwas von meinem Unwillen, sagte nichts – zum Schutz meines Bruders und des Vaters, denn der Vater hätte sicher nicht gewollt, dass sein liebstes Kind eine ungewollte Ehe eingeht.

Ich wurde dann von dem Freund des Bruders zusammen mit Luan nach Prishtina gebracht. Es gab eine Eintragung der Ehe auf dem Standesamt. Dann ging es am gleichen Tag wieder zurück nach Deutschland, ohne Feier, wie ich es in den Bergen erlebt hatte, ohne Gratulanten, ohne Geschenke, ganz entgegen den Sitten unserer Gegend.

Gleich nach dieser Prozedur beim Standesamt wurden Luan und ich im Auto des Vermittlers in den Ort Sommerhausen gebracht. Ich las diesen Ortsnamen, als wir die Autobahnausfahrt in der Nähe der Stadt Würzburg verließen. Ich blieb still, konnte meinen Mund garnicht aufkriegen. Luan fand das gut. Ich hörte, wie er zu dem Freund meines Bruder sagte: ›Hauptsache, die kann arbeiten, kriegt Kinder und ist nicht aufmüpfig!‹ Der Freund reagierte: ›Wenn sie nicht funktioniert, schlag sie!‹

In Luans Wohnung in Sommerhausen fand dann die Hochzeitsnacht statt. Ohne jegliche Zärtlichkeit schubste mein Ehemann mich aufs Bett und reagierte sich an mir ab. Ich hatte große Schmerzen.«

»Darf ich fragen, Besa, haben deine Eltern Geld bekommen durch die Verheiratung?« »Nein, aber der beste Freund meines Bruders hat 5000 DM bekommen, so habe ich es wenigstens gehört. Mein Zuhause in Prishtina bekam ich jetzt nur noch einmal im Jahr für höchstens zwei Tage zu sehen.

Mein Bruder ist jetzt 70 Jahre alt und weiß bis zum heutigen Tag nicht, dass ich mein Leben für ihn geopfert habe, und dass er mich quasi den Wölfen zum Fraß ausgeliefert hatte.«

Mir hat es jetzt erst einmal die Sprache verschlagen. Wie konnte sowas nur passieren in der heutigen Zeit?

Fluchtwege finden

Besa kramte in ihrer Handtasche und zeigte mir ein Foto: »So schwarz wie dieses Foto von Sommerhausen bei Nacht war jetzt mein Leben. Ich wurde von meiner Kindheit direkt in den Sommer des Lebens gestürzt. Beherrscht wurde ich von einem Mann mit der Mentalität eines kindlichen mittelalterlichen Kriegers.

Luan sperrte mich in seiner Wohnung ein und ging zur Arbeit. Einen Wohnungsschlüssel bekam ich nicht. Seine Wohnung war in der Altstadt von Sommerhausen, eine Zweizimmerwohnung in einem alten Fachwerkhaus. Solche Gebäude hatte ich vorher noch nie gesehen. Luans Wohnung war im zweiten Stock und eingerichtet mit allem notwendigen Mobiliar. Also Geld hatte er.

Bevor mein Ehemann – oder soll ich sagen mein Besitzer – die Wohnung verließ, teilte er mir mit, dass er am Abend zurückkommt und dann warmes Essen auf dem Tisch stehen muss. Ich fragte Luan, was er denn gerne essen möchte. Er antwortete kurz angebunden: ›Guck im Kühlschrank nach.‹

Als der Herr des Hauses nach der Arbeit zurückkehrte, setzte er sich an den Tisch und ließ sich bedienen wie im Gasthaus. Er forderte mich auch nicht auf, Platz zu nehmen. Mir war das eigentlich ganz recht, weil sein Körpergeruch nach der Arbeit nicht der angenehmste war. Er war schmutzig, nahm aber keine Dusche vor dem Essen, wusch sich noch nicht mal die Hände.

Nach dem Essen verlangte Luan nach einer Flasche Bier, schaltete den Fernseher an, fragte aber nicht, ob ich auch gegessen hatte. Er sah in einem albanischen Sender einen Boxkampf an, bot mir aber keinen Platz auf der Couch oder dem Sessel an – so, wie das bei mir zu Hause in Prishtina üblich war. Er gähnte, beorderte mich ins Bett und fasste mich grob an.«

»Besa, war die Wohnung sauber, wenn dein Mann nach Hause kam?« »Ja, Carla, die Wohnung war immer sauber und ordentlich hergerichtet.« »Das hätte mich auch gewundert, denn ich habe nie ein Haus von Albanern betreten, das schmutzig war. Immer werden vor der Haustüre die Straßenschuhe ausgezogen. Also Luan lebte in einer sauberen Wohnung, was aber keinen Einfluss auf sein Verhalten als Ehemann hatte. Offensichtlich war er nicht glücklich. Warum war dein Mann nicht glücklich?«

»Ich wusste es nicht, warum er mich so grob behandelte. Er war nicht in der Lage, es mir zu erklären. Beim Lehrer wusste ich es. Er schlug mich wegen meiner Linkshändigkeit. Aber von meinem Ehemann hätte ich das nicht erwartet. Ich hatte nicht damit gerechnet, dass ich die Brutalität eines Mannes aushalten muss: Schläge ins Gesicht, getreten und auf den Boden geworfen werden.

Im Mittelalter und selbst noch im 19. Jahrhundert wäre sein Verhalten normal gewesen. Bei meinen Eltern war das nie so. Die haben halt nicht miteinander geredet, wenn sie uneinig waren. Ich vermute, der Luan hat das so erlebt in seiner Familie und in seinem Dorf, dass Frauen geschlagen wurden.

Ich war froh, wenn Luan das Haus morgens verließ und ich allein war. Meine Aufgaben tagsüber waren, den Steinfußboden mit Wasser zu putzen, dann von den Möbeln den Staub zu entfernen, das Badezimmer zu säubern, Wäsche waschen, bügeln, die Küche ordentlich und sauber zu halten und das Abendessen zu kochen. Beim Kochen gab ich mein Bestes, ich kochte ›Flia‹, ein herzhaftes Blätterteiggericht, oder ›Jufka me pule‹ (Nudeln mit Huhn). Luan verzehrte alles schmatzend, ohne ›Danke‹ zu sagen oder ›Das hat heut' geschmeckt.‹

Ich blieb ohne Berufsausbildung, weil ein Jahr nach der Verheiratung das erste Kind geboren wurde. Ich hatte die Geburt eines Kindes aus der Heimat so in Erinnerung, dass ein Kind immer sehr laut bejubelt wurde. Vor allem wurde ein Ehemann immer sehr gelobt, wenn er das Kind neun oder zehn Monate nach der Hochzeit zustande gebracht hatte. Nun, ich brachte unter Schmerzen ein Mädchen zur Welt, und zwar ganz allein in der Wohnung in Sommerhausen. Ich war sechzehn Jahre alt und Mutter. Luan sagte kurz und bündig: ›Sie bekommt den Namen Anna.‹

Ich vermisste meine Mama, sie hätte mir bei der Geburt helfen können, meine Hand gehalten, die Nabelschnur durchgetrennt. Das musste ich alles allein machen. War das jetzt mein Leben? Eingesperrt wie in einem Gefängnis, kein Reden mehr mit anderen Menschen, außer mit Luan und Anna?

Wenn ich tagsüber ein Fenster öffnete und die Menschen auf der Straße beobachtete, verstand ich kein Wort. Diese Menschen hätten wahrscheinlich auch nicht mich verstanden, wenn ich sie vom Fenster aus angesprochen oder um Hilfe gerufen hätte. Auch die Wände in dem alten Haus waren so dick, dass die Nachbarn nicht mitbekamen, was in der Wohnung von Luan geschah.

Es gab auch kein Telefon in der Wohnung. Ich konnte noch nicht einmal mit der Mama und dem Papa telefonieren. Ich fing jetzt an zu singen. Ich sang das Lied von dem Schneeglöckchen und noch ein anderes Lied. Das gab mir Trost und Hoffnung auf Veränderung. Ich sang auch noch ein anderes Lied:

Ma fal atë buzëqeshje, që e ëndrroj n'vetmi,
Ma fal atë buzëqeshje, e më mbush lumturi,
Asgjë nuk më ka mbetur, tani t'gjitha i humba,
Dashuria dhe gëzimi, u zhdukën për mua …[11]

Vergib mir dieses Lächeln, von dem ich allein träume,
Vergib mir dieses Lächeln, es erfüllt mich mit Glück,
Ich habe nichts mehr, jetzt habe ich alles verloren,
Liebe und Freude sind für mich verschwunden …

Wenn Anna weinte, dann sang ich für mein Mädchen, nahm es in den Arm und wiegte es in den Schlaf.«

»Wie stark war deine Sehnsucht nach der Heimat?« »Groß«, antwortete Besa, »weil ich mich mit niemandem außer mit Luan und meinem Bruder verständigen konnte. Ich brachte mir dann die deutsche Sprache ohne Wissen von Luan selbst bei. Ich konnte ja lesen und schreiben und suchte erst mal, wenn ich allein war, im Fernsehprogramm nach Sprachsendungen.

Ich fand eine Sendung im bayrischen Regionalfernsehen. Ich lernte, wie man grüßt und sich vorstellt, dann nach der Uhrzeit fragen, buchstabieren, einkaufen, nach dem Weg fragen und dem Arzt erklären, welche Probleme man hat. Ich verstand auch deutsche Lieder, und ein Lied drückte besonders gut meine Gefühle aus. Es hieß ›Es fährt ein Zug nach Nirgendwo‹.

Luan durfte nicht mitbekommen, dass ich einige deutsche Ausdrücke gelernt hatte. Er konnte selbst kaum Deutsch. Das war bei seiner Arbeit wohl nicht notwendig. Er konnte auf Deutsch sagen: ›Jawohl, mach ich; nein, geht nicht; schneller; runter; rauf.‹ Und er konnte auf Deutsch schimpfen, aber nicht lesen und schreiben.

Mein Ehemann war zudem auch noch sehr eifersüchtig. Als er mich einmal mitnahm zum Einkaufen in einen türkischen Laden, machte ein Landsmann eine Bemerkung zu Luan: ›Du hast aber eine gut aussehende Frau!‹ und zeigte mit dem Finger auf mich. Luans Reaktion auf dieses Kompliment war, dass ich die Wohnung überhaupt nicht mehr verlassen durfte, auch nicht zum Einkaufen mit ihm. Der Herr des Hauses verdächtigte mich der Untreue und schlug mich wieder. Ich kann nicht sagen, was schlimmer zu ertragen war, die soziale Isolation oder die Brutalität von Luan.

Endlich kam mein Bruder zu Besuch, als die kleine Anna ein halbes Jahr alt war. Mein Bruder sah die blauen Flecke am meinen Oberarmen und den blauen Fleck an meinem rechten Auge. Er stellte aber keine Fragen. Er sagte zu mir bevor er wieder abreiste: ›Beeil dich mit dem zweiten Kind. Das wird sicher ein Junge. Dann behandelt dich Luan auch besser.‹

Ich fand eines Morgens vor unserer Wohnungstür eine deutsche Zeitung. Ich las sie mit Freude und erfuhr sogar, dass es in der großen Stadt Würzburg in der Nähe von Sommerhausen auch ein Krankenhaus mit einer gynäkologischen Abteilung gab. Ich bat Luan, mich dort anzumelden für die Geburt des zweiten Kindes. Er lehnte sofort ab: ›Ich habe kein Geld für so was.‹

Da ich nicht noch mal das Alleinsein bei der nächsten Geburt ertragen konnte, flehte ich ihn an, mich dann nach Prishtina zu bringen. Mein Bruder sagte Luan ebenfalls, er solle es erlauben. So brachte mein Bruder Anna und mich nach Pristhina. Anna blieb bei der Mama, und ich wurde in eine medizinische Station gebracht. Die Geburt war schwer, aber eine Hebamme blieb die ganze Zeit bei mir, gab mir Anweisungen, wie ich atmen und pressen sollte. Auch die Mama half mit, brachte warmes Wasser, wusch mein Gesicht ab.

Dann war es so weit. Ein süßes Gesicht zeigte sich, dann war der ganze Körper draußen. Die Hebamme gab dem Baby einen Klaps, es fing an zu atmen und zu schreien. Welch ein glücklicher Augenblick für mich. Ich hatte ein gesundes Kind! Mama flüsterte mir ins Ohr: ›Es ist ein Mädchen!‹ ›Oh, dann nennen wir es Blerta!‹

Mein Bruder brachte mich, Anna und Blerta nach Sommerhausen zurück und meinte, er habe ja auch drei Schwestern, bestimmt werde ich noch einen Sohn bekommen, ich soll einfach weiter machen mit Luan.

Der Vater meiner Mädchen ignorierte sie weitgehend. Er duldete auch nicht, wenn Anna und Blerta weinten. Da ich jetzt die beiden Mädels vor dem gewalttätigen Vater schützen musste, versuchte ich mit allen Mitteln, ihn zur Ruhe zu stellen. Ich gab ihm abends Raki zu trinken und war froh, wenn er spät nach Hause kam. Ich hörte folgende Gesprächsfetzen vor der Haustüre: ›Wie ist die Alte denn im Bett?‹ ›Na, im Bordell in Nürnberg machen die es besser. Aber die können mir keinen Sohn machen, nur Sex.‹«

»Oh Besa, ich habe eine Frage. Wusste Luan nicht, dass es das Chromosom vom Mann ist, welches das Geschlecht des Kindes bestimmt?«

»Nein, Carla, das wusste der Luan natürlich nicht, dass das Geschlecht eines Kindes von den Chromosomen des Mannes bestimmt wird und nicht von den Chromosomen der Frau. Selbst wenn ihm das ein Arzt erklärt hätte, so hätte er das wohl auch nicht für wahr haben wollen. Ich wusste das ehrlich gesagt auch nicht und dachte immer, es würde mein Defekt sein, nur Mädchen zu bekommen. Und ich dachte, die Schläge von Luan seien seine Art der Strafe, weil ich nur Mädchen bekommen hatte, so wie der unwissende Lehrer mich schlug wegen meiner Linkshändigkeit.

Aber auch das akzeptierte ich. Die beiden Mädels schliefen jetzt in einem Kinderbett im Wohnzimmer. Als der Hausherr eines Tages Kartoffeln nach Hause brachte, entdeckte er im Keller Katzenbabies. Er warf die Babies einfach in die Toilette und schrie: ›Wenn du wieder ein Mädchen bekommst, dann werfe ich es genauso ins Klo wie die Katzen, ich kann kein weiteres nutzloses Mädchen gebrauchen.‹

Da wurde mir klar, dass ich bei diesem Mann nicht länger bleiben konnte. Wie sollte ich es aber anstellen, ihn mit zwei Kindern zu verlassen? Mein Bruder hätte mir nicht geholfen, obwohl ihm meine täglichen Qualen bewusst waren. Eine Freundin hatte ich nicht. Ich war völlig auf mich gestellt, verstand aber inzwischen etwas Deutsch.

Als ich wieder schwanger war und Schmerzen hatte, verlangte ich von Luan, zur Untersuchung in die Gynäkologie nach Würzburg gebracht zu werden. Dort machte man ein Ultraschallbild von dem Baby. Die Frauenärztin beobachtete Luan und flüsterte mir ins Ohr, ohne dass Luan es mitbekam: ›Ich bin mir ziemlich sicher, dass es kein Junge wird. Das Baby ist gesund, alle Werte sind normal, aber brauchen Sie Hilfe?‹

›Ja‹, flüsterte ich zurück, ›können Sie am Vormittag eine Frau zu mir nach Hause schicken zum Beraten?‹ ›Ich tue mein Bestes‹, sagte die Ärztin. Luan schaute mich fragend an. Ich sagte zu ihm auf Albanisch: ›Es wird ein Junge werden.‹

Nun war ich richtig in der Zwickmühle. Ich hatte Luan angelogen. Ich hatte jetzt acht Jahre lang seine psychische und physische Gewalt ertragen und empfand es manchmal sogar so, dass mein Tod mir lieber gewesen wäre als mein Leben. Aber da waren Anna und Blerta, zwei liebe schutzbedürftige Mädchen. Wegen ihnen wollte ich am Leben bleiben, würde ich versuchen, der Sklaverei zu entkommen.

Und tatsächlich, zwei Tage später klopfte eine Frau vormittags an der Wohnungstür. Sie sagte, sie komme von meiner Ärztin und zeigte mir auch ihre Visitenkarte. Ich bat sie sofort in die Wohnung, machte einen Tee. Die Dame verstand sofort, was in meinem Leben sich abspielte und erklärte mir:

›Wie gut, dass Sie schon etwas Deutsch können. Wenn Sie Ihren Mann verlassen möchten, so können Sie erst mal in Würzburg mit den Kindern in einem sogenannten Frauenhaus leben. Diese Häuser sind zum Schutz gequälter Frauen gedacht, und kein Mann wird jemals in ein solches Haus hinein gelassen. Sie haben die Möglichkeit, staatliche Unterstützung in Anspruch zu nehmen, denn es gibt in Deutschland sogenannten Opferschutz.‹

So wollte ich es machen. Zu Hause mit der Hilfe einer Hebamme mein Kind bekommen, und dann mit allen drei Kindern ins Frauenhaus nach Würzburg fliehen. Ich blieb jetzt recht emotionslos. Celina kam zu Hause zur Welt, die Hebamme war dabei, und Luan konnte in Anwesenheit der Hebamme das Mädchen nicht in die Toilette werfen.

Er verließ das Haus nach der Geburt von Celina, wohl um sich zu betrinken. Die Hebamme hatte ein großes Auto dabei. Sie brachte die Mädchen und mich zusammen mit einen Koffer ganz schnell in ihr Auto. Es ging weg Richtung Würzburg. In dem Frauenhaus wartete man schon auf uns. Ich wurde in den Arm genommen, kam zusammen mit den drei Mädchen in eine kleine Wohnung.«

»Und wie ging es dann weiter? Wie sicher konntest du dich fühlen vor der Rache deines Ehemannes?«

»Nun, erst einmal, Luan wusste nicht, wo ich jetzt mit den Kindern lebte. Da wir in Deutschland ein Wohn- und Bleiberecht hatten, musste aber die Scheidung in Deutschland erfolgen. Im Frauenhaus besorgte man mir eine Anwältin. Die Kinder wurden bestens versorgt. Es gab eine Art Kindergarten, und ich konnte jetzt richtig gut in einer kleinen Gruppe die Sprache lernen. Ich hatte Gesprächspartnerinnen und konnte mir Gedanken machen um meine Zukunft, wie ich eine Arbeit und ein Einkommen finde. Ich hatte das Gefühl, dass ich allmählich wieder fliegen lernte, und ich erinnerte mich an die Adler.

Es lief alles sehr langsam nach bürokratischen Regelungen. Die Scheidung wurde ausgesprochen vor einem Zivilgericht. Über das Sorgerecht musste aber separat verhandelt und entschieden werden.

Da Luan in Deutschland lebte, arbeitete und ein regelmäßiges Einkommen hatte, war es für ihn ein Leichtes, sich im Kosovo wieder eine Frau zu besorgen – eine Frau, die ihm sogar einen Sohn ganz schnell unterjubelte, und er sich noch nicht einmal fragte, ob er der Vater sein konnte.

Diese neue Frau von Luan konnte dann als Ehefrau nach Deutschland nachkommen und so auch noch für das Wohlergehen ihrer verbliebenen Familie im Kosovo sorgen. Jedenfalls wurde Luan das Sorgerecht für die

Töchter Anna, Blerta und Celina zugesprochen, und eine andere Frau durfte sich jetzt um meine Kinder kümmern.

Ich verstand jetzt nicht mehr, was Gerechtigkeit bedeutet. Erst wurde ich in der Ehe gequält, unterdrückt misshandelt und ignoriert, weil ich nur Mädchen zur Welt bringe. Der Kindesvater will die Mädchen als nutzlos entsorgen, dann bekommt Luan sie doch, weil er Geld verdient, und gibt die Mädchen einer anderen Frau zum Erziehen. Luans Rache an mir war jetzt perfekt. Ganz auf die traditionelle Art. Er konnte an mir keine ›Gjakmarrje‹ ausüben, weil ich eine Frau war, aber seine ›Hakmarrje‹, seine Rache traf mich wirklich mitten ins Herz.

Ich empfand es so, als ob der Teufel aus den ›Verfluchten Bergen‹ mich nicht losgelassen hatte. Der Teufel diesmal nicht als Gestalter der tiefen Täler oder als sadistischer Lehrer, sondern in Person eines unwissenden, rückständigen und brutalen Mannes. Kein cleverer, sprachgewandter Mephisto wie der Mephisto aus Goethes Faust, sondern ein Satan aus dem Mittelalter meiner rückständigen Heimat.

Zum Glück wurde ich im Frauenhaus gut aufgefangen. Man beriet mich, ließ mich meine Trauer ausleben, aber versuchte mir auch neue Perspektiven zu zeigen, wie meine deutsche Sprache zu verbessern, auf eigenen Füßen zu stehen, eine anständige Arbeit zu finden und umzuziehen in eine neue Umgebung, in der ich einen Neuanfang machen konnte. Vor allem, man machte mir keinen Druck. Man ließ mir Zeit zum Trauern und zum

Wachsen. Ich lernte, dass ich hinfallen darf, aber auch aufstehen muss. Ganz in der Ferne sah ich meinen Adler und einen Lichtschweif am Horizont, dass es wieder aufwärts mit mir gehen würde. Ich verstand, dass ich das Sorgerecht erhalten kann, wenn ich einen festen Arbeitsplatz nachweisen kann.«

Ich, Carla, war jetzt ganz einfach fassungslos, musste Besas Geschichte erst einmal verdauen. Ich fragte mich, wie man so ein Schicksal, das sowohl Frauen mit Migrationshintergrund trifft als auch Frauen in einer entwickelten zivilen Gesellschaft, wie das verhindert werden kann.

Es war mir klar, dass das mit der untergeordneten Stellung der Frau zu tun hat. Aber wie kann man das ändern? Die Sprache des neuen Landes lernen, das ist ein Schritt in die richtige Richtung. Aber auch mit der Erziehung der männlichen Kinder, ihnen beibringen zum Beispiel, wie man Aggressionen abbaut. Das reicht aber nicht, meiner Meinung nach. Den Männern die Macht nehmen? Das wird schwierig. Eigentlich sind ganz umfassende Änderungen notwendig. Aber welche?

Gäbe es nicht diesen extremen Unterschied zwischen armen und reichen Ländern, dann wäre auch die Migrationsrate nicht so hoch. Wir brauchen andere Werte in der Gesellschaft, wie die Gleichwertigkeit von Mann und Frau, und das überall auf der Welt. Wir brauchen Werte wie Anstand, Respekt, Mitmenschlichkeit, Existenzsicherheit und noch vieles mehr.

Erst wenn diese Werte sich etablieren, wird sich das Bewusstsein ändern, dann werden viele Menschen aufstehen und nicht mehr die Missstände unter den Teppich kehren als Schande. Das Schlüsselwort ist also »Werte«, und vor allem »Änderung der gesellschaftlichen Werte«. So begann 2017 in Hollywood eine Bewegung durch die Aufdeckung des untragbaren Verhaltens eines Film-Moguls. Auch in Deutschland wurde danach eine gesellschaftliche Debatte ausgelöst. Diese Bewegung[9] veranlasste Frauen, ihre ganz persönlichen Geschichten zu erzählen von ihrem sexuellen Missbrauch und von übergriffigem Machtmissbrauch.

Jetzt, sieben Jahre danach, stellt sich die Frage, ob das Veröffentlichen von Missbrauchserlebnissen und von Lösungsansätzen auch die unterprivilegierten Frauen erreicht – Frauen, die nicht lesen können, eingeschlossen und abgeschlossen sind von der Gesellschaft, in der sie leben.

Diese Frauen haben keinen Zugang zu einem Computer und können sich nicht im Internet bewegen. Sie können ihre Hilfeschreie elektronisch nicht in die Welt brüllen. Sie wissen noch nicht einmal, was sich in der Welt ändert. Frauen wie Besa, die nach einem vorgegebene Verhaltensmuster aus einer rückständigen Gegend leben müssen und nichts von der modernen Welt mitbekommen.

Viele Fragen, und ich hoffte, noch mehr Antworten zu finden. Für Besa bleibt erst einmal die ironisch klingende Erkenntnis: Schlechter kann es nicht mehr werden.

Alles wird noch schlimmer

So, jetzt erzähle ich Besas weiteres Erleben allein weiter. Meine Freundin fand mit Hilfe ihrer Unterstützer einen anderen Wohnort, den Ort Herbsthausen. Der Ortsname kam ihr sehr passend vor, weil jetzt für sie der Herbst ihres Lebens begann. In Herbsthausen konnte sie in einem Restaurant arbeiten. Das Gasthaus hatte den Namen »Adler«. Erst half sie mit in der Küche, dann durfte sie auch die Gäste bedienen. Sie hatte einen Arbeitsvertrag mit geregelten Stunden. Die Arbeitgeber waren dörflich und anständig.

Sie bezog auch neben dem Gasthaus »Adler« eine eigene kleine Wohnung und konnte so Schritt für Schritt ein eigenständiges Leben führen – so, wie man sie im Frauenhaus darauf vorbereitet hatte. Sie lernte, mit dem Bus zu fahren und Einkäufe zu erledigen. Jetzt war es wirklich hilfreich, dass sie schon angefangen hatte, die deutsche Sprache zu verstehen und sich selbst auszudrücken.

Mit der Scheidung fing aber für sie kein besseres Leben an, sondern ein jahrelanger Kampf um ihre Töchter. Luan wurde das Sorgerecht zugesprochen, weil er eine geregelte Arbeit nachweisen konnte. Aber Besa als Mutter hatte entsprechend dem deutschen Recht Besuchsrecht für ihre Kinder, auch wenn andere Menschen auf die Mädchen aufpassten. Und sie konnte anfangen, das Sorgerecht auf sich übertragen zu lasen, da sie eine geregelte Arbeit hatte. Das Schlimmste aber war jetzt, dass Luan die Mädchen in den Kosovo brachte, in große räumliche Distanz zur Mutter.

Was sich dann zutrug, ist eigentlich nur zu verstehen, wenn man die Stellung der Frau und die Blutrache als Verhaltensregel des Kanun kennt. Besa war sich dessen absolut bewusst, dass sie ihre Töchter nicht im Kosovo lassen wollte, weil es den Mädchen dann noch miserabler ergehen würde als ihr. Sie wollte es nicht akzeptieren, dass ihre Mädchen zu einer menschlichen Ware reduziert würden.

Also begann sie einen langen, kräftezehrenden Kampf, ein Leben in zwei Welten – mit dem Ziel, die Mädels wieder nach Deutschland zu bringen. Besa ging dabei eigentlich sehr systematisch und logisch vor: Sie wandte sich in Deutschland an Rechtsanwälte, um ihr Ziel zu erreichen. Um ihre Anwälte bezahlen zu können, arbeitete sie fast ununterbrochen, nicht nur in dem Restaurant in Herbsthausen.

Als Besa sich im Kosovo einen Überblick verschaffen wollte, schlug ihr die ganze Wucht eines mittelalterlichen Weltbildes entgegen, das sich nicht um europäische Werte scherte.

Ihre eigene Mutter und die verbliebene Verwandtschaft machten ihr klar, dass sie als geschiedene Frau für ihre Familie eine Schande sei. Selbst der Bruder wollte nichts mehr mit ihr zu tun haben. Sie konnte auch nicht in den Wohnungen ihrer Familienmitglieder übernachten.

Es wurden sogar Hunde auf Besa gehetzt. Viele Familien hielten sich sogenannte halbwilde Hunde. Diese Hunde werden nachts vor die Türe gelassen, damit sie sich ihr Fressen erjagen. Tagsüber halten sie sich dann im Haus ihrer Besitzer auf. Solche Hunde wurden auf Besa gehetzt und verletzten sie.

Albaner lassen sich nicht scheiden, das war die klare Botschaft an sie. Ganz gleich, was ist, in albanischen Familien wird keine Trennung durchgeführt. Für Besa hatte die Scheidung zur Folge, dass sie nicht mehr an Familienfeiern wie Verlobung, Hochzeit oder Beerdigung teilnehmen durfte.

Da war aber auch noch Besas Vater. Der Vater, der Jungen und Mädchen gleichwertig als Kinder betrachtete. Der Vater fragte seine Lieblingstochter, ob sie Hilfe brauche. Jetzt verhielt sich Besa dem Vater gegenüber nach den alten Traditionen. Sie beschwerte sich nicht über das Verhalten ihrer Mutter und des Bruders. Sie beschwerte sich nie beim Vater über andere, denn das ist aus Sicht des Kanuns »Verrat«. Es ist einfach unmöglich, die eigene Mutter oder den Bruder zu verraten. Das darf man auch nicht.

Die Verwandtschaft machte ihr erneut klar, dass die Mädchen dem Bruder gehören, nicht ihr, und sie solle sich gut überlegen, ob sie die Kinder von Luan nach Deutschland holen will.

Und wenn Besa das dennoch tue, dann würde Blut fließen, weil dann das Ansehen der Familie von Luan verteidigt werden muss. Besa reagierte jetzt erbost: »Und die Mädchen wachsen in Deutschland auf, selbst wenn hier alle Flüsse sich rot färben!«

Luan verstand die Entschlossenheit seiner geschiedenen Frau und versteckte nun Anna, Blerta und Celina bei seinen Familienangehörigen, erst in Kroatien, dann in Slovenien. Da er aber seiner Arbeit in Deutschland nachgehen musste, brachte er die Mädchen nach den Sommerferien zurück in seine Wohnung. Auch vom Familiengericht wurde Luan zu einer erneuten Anhörung wegen der Betreuung der Mädchen einberufen.

Bei einem weiteren Gerichtstermin wurden die Mädchen in Abwesenheit der Eltern vom Richter befragt. So wollte es das Gericht. Anna und Blerta sagten aus, dass sie sich gerne bei Besa aufhalten, nur Celina hatte keinen Mut, etwas zu ihrer hin- und hergerissenen Situation zu sagen.

Luan war aber gerissen genug, die Mädchen für sich einzunehmen. Er hatte mittlerweile verstanden, dass die Mädchen in Deutschland bleiben müssen. Er drohte einerseits den Kindern, dass er Besa umbringen werde, wenn die Mädchen ihn verlassen. Andererseits gab er den Mädchen Freiheiten, die sie von der Mutter nie bekommen hätten. So durfte Blerta, als sie 13 Jahre alt war, sich schon bis mitten in der Nacht außer Haus aufhalten. Oder er versicherte den Mädchen: »Ihr bekommt alles, was ich besitze, es gehört alles euch, wenn ihr mit der Besa keinen Kontakt mehr habt.«

Was hat Besa am Leben gehalten bei all diesen Niederträchtigkeiten? Es war: zu singen, in die Natur zu gehen, ein Gebet immer und immer wieder zu sagen, was sie seit ihrer Kindheit kannte. Es stand auf einem kleinen Stückchen Papier, das ihr der Papa zugesteckt hatte. Er flüsterte damals nur: »Das ist von Martha, behalte es, es wird dir helfen.«

O Zoti im,
Ti je i Plotfuqishmi.
Ti je krijuesi i gjithë jetës.
Ti je ndikimi më i madh
që nuk ndalet kurrë.
Të pyet shërbëtorja jote
për t'i shpenguar ato
në të gjitha botët tuaja.

Ti je me të vërtetë i Plotfuqishmi,
më i fuqishmi, i gjithëdijshmi, më i urti.

O mein Gott,
Du bist der Allmächtige.
Du bist der Schöpfer allen Lebens.
Du bist der größte Einfluss
der nie aufhört.
Deine Magd bittet dich,
sie zu erlösen
in all deinen Welten.
Du bist wahrlich der Allmächtige,
der Gewaltigste, der Allwissende, der Allweise.

Damals machte sich Besa keine Gedanken, wer Martha war. Jetzt aber, nach vielen Recherchen, könnte das eine Amerikanerin gewesen sein, die nach dem ersten Weltkrieg das ehemalige Jugoslawien bereiste und viele führende Menschen besuchte.

Es ist wahrscheinlich, dass sie auch Besas Vater in Belgrad traf, da der Vater während seiner Militärlaufbahn auch dort war. Es ist sehr gut möglich, dass Vater Martin Gespräche mit dieser Weltreisenden führte – Gespräche, die auch seine Einstellung zu Frauen prägten, und er deswegen immer Frauen als gleichwertig betrachtete.

Vaters Vorbild, den Bäumen, der Natur, der Musik, den Gedanken an die Adler und der Hoffnung auf Veränderung schreibt Besa es zu, dass sie in diesem Drama nicht untergegangen ist.

Es kommt doch noch besser

Ganz selten ging Besa auch mal als Gast in das Gasthaus »Adler«, in dem sie arbeitete. Eines Tages lud ihr Chef Besa ein, beim »Wintergrillen« teilzunehmen. Sie kam dort mit den anderen Gästen ins Gespräch, und nach dem Essen fingen einige geladene Menschen an mit Würfelspielen. Besa machte mit und war jetzt abgelenkt von ihrer Trauer.

Sie hatte oft in Prishtina »Kniffel« gespielt, als sie dort Kinder beaufsichtigte. Sie war am Gewinnen, bis sie gegen einen Spieler verlor. Das war ungewöhnlich für sie.

Der Preis für den Gewinner war ein Abendessen mit der Verliererin im Restaurant nach Wahl des Gewinners. Besa wurde noch nie zuvor von einem Mann zum Essen abgeholt. Jetzt lief alles sehr unerwartet, war ganz anders als früher. Der Kniffelgewinner stellte sich vor. Er hieß Peter. Er überreichte ihr gelbe Rosen beim Wiedersehen. Am Restauranteingang hielt Peter die Türe auf, half ihr aus den Jacket und rückte den Stuhl zurecht beim Hinsetzen.

Besa fand seine zurückhaltende und höfliche Art sehr angenehm. Sie war eigentlich ständig traurig und gedanklich abwesend wegen der Töchter. Ganz behutsam tastete sich Peter mit Fragen an sie heran und hörte genau zu. Beide verabredeten sich wieder zum Wandern. Auch das kannte Besa nicht. Sie ging mit Peter wunderschöne Waldwege entlang. Die Wanderer genossen die würzige Luft, redeten oder schwiegen zusammen.

Peter lud sie auch ein, ein paar Tage in seinem Wohnort Wintersberg zu verbringen. Er holte sie mit dem Auto ab. Da merkte Besa erst, wie lange Peter nach Herbsthausen fahren musste, um sie zu besuchen. Sein Wohnort hieß eigentlich Niederbronn-les-Bains unterhalb des Wintersbergs auf der französischen Seite des Rheintals. Da Besa sich Wintersberg besser merken konnte, sprach ihr Gastgeber von den geplanten Wanderungen rund um den Wintersberg.

Der dazugehörige Wohnort war bunt und voller einzigartiger Häuser, eines schöner als das andere. Viele Menschen sprachen Deutsch, manche Französisch, und wieder andere den örtlichen Dialekt. Da dieser Ort im Elsass auch ein Kurort war mit Thermalquellen, ging

Peter mit Besa in die wohltuenden warmen Wasserbecken, führte sie aber nicht in das große tiefe Becken, wohlwissend, dass sein Gast nicht schwimmen konnte.

Er lud Besa ein, sein dortiges Lieblingsessen zu genießen. Das war knuspriger Zwiebelkuchen. Zu Trinken gab es frisch gepressten Traubensaft, der »Federweißer« hieß. Manchmal besichtigten sie auch die Fächerstadt Karlsruhe oder fuhren in das elegante Baden-Baden.

Peters Wohnung war ziemlich plüschig, aber sehr geschmackvoll eingerichtet. Die einzelnen Möbelstücke passten zueinander. Besa bekam das separate Gästezimmer unter dem Dach. Es war richtig heilsam für sie, so einen einfühlsamen Freund zu haben. Bei Peter fühlte sich Besa sicher, behütet und beschützt, physisch und psychisch. Auch Peter hielt Besa für vertrauenswürdig und zeigte es ihr.

Peter machte Besa mit seinen Verwandten bekannt, den Familien des Bruders und seines Cousins, alles nette und offene Menschen. Peter schien auch Besas Anwesenheit als angenehm zu empfinden, denn eines Tages brachte Peter rote Rosen und sagte zu ihr: »Besa, ich fühle mich unvollständig ohne dich. Ich fühle mich manchmal wie ein Vogel, der nur mit einem Flügel fliegt. Mit dir zusammen fühle ich mich vollständiger wie eben ein Vogel mit zwei Schwingen. Du bist eine Partnerin, die mich ergänzt, und ich möchte dich zu meiner geliebten Frau nehmen.« Besa fing an zu weinen und sagte »Ja!«

»Besa«, sagte Peter ihr jetzt, »ich möchte auch deinen Vater und deine Mutter kennenlernen. Ich möchte deinem Vater in die Augen schauen. Er soll sich sicher sein, dass du ein gutes Leben mit mir haben wirst. Auch die Mädchen werde ich zu uns holen. Deine Mädchen sind auch meine Mädchen, sind unsere Mädchen.«

Peter setzte alles in die Tat um. Er fuhr nach Sommerhausen zu Luan. Er sagte diesem Riesen direkt ins Gesicht, dass er vor ihm keine Angst habe und jetzt die Mädchen mitnehme zu ihrer Mutter. Und er brachte Besa die Mädchen. Ihre Freude war riesengroß. Jedes Mädchen bekam auch ein eigenes Zimmer. Peter riskierte sein Leben, aber sein Mut und seine Entschlossenheit siegten. Besas Ehemann war auch ein »Adlersohn«.

Und in dem schönen Dubrovnik traf Peter den Papa Martin. Besa berichtete: »Mein Mann hatte dort ein Ferienhaus gemietet, mit Aussicht auf die Adria. Ich hatte den Auftrag bekommen, meinen Vater einzuladen, nach Dubrovnik zu reisen. Ich werde nie vergessen, wie sich die beiden Männer das erste Mal gegenüber standen. Peter hatte, ohne dass ich es mitbekommen habe, sich einige albanische Ausdrücke beigebracht. Vater reichte ihm die Hand und Peter sagte: ›Mirë qe ju gjeta!‹ (Gut, Sie gefunden zu haben). Dann lagen sich beide Männer in den Armen.

Auf dem Heimweg fragte ich meinen Mann: ›Peter, warum bist du so anders, eben so einzigartig?‹ Peter lächelte: ›Meine Eltern lebten schon gut zusammen. Wir waren arme Bauern, hatten viel Arbeit, aber Vater hätte nie eine Entscheidung allein getroffen, ohne vorher mit Mutter darüber zu sprechen. Vater hat auch Arbeiten gemacht, die eigentlich Frauenarbeiten waren. Er putzte gerne die Fenster oder kochte ab und zu am Wochenende. Und Mama durfte auch Männerarbeiten machen. Wenn der Hufschmied kam, half sie beim Beschlagen der Pferde. Bei Mutti waren die Tiere einfach ruhiger.‹«

Besa erzählte weiter: »Unser gemeinsames Kind Drita wurde dann ein Jahr später geboren im Krankenhaus in Wintershausen. Peters erste Frage war wie beim Papa: ›Ist das Kind gesund?‹ Unsere Drita wuchs als fröhliches Kind auf und begleitete uns auch, wenn wir nach Prishtina flogen. Drita wurde so, wie ihr Name besagte, unser ›Licht‹, unser ›Sonnenschein‹.

Als Vater Martin sich schwach fühlte, eilten wir zu ihm. Wir mussten Papa versprechen, nach seinem Tod für die Mutter zu sorgen. Wir beerdigten den Vater würdig, so wie es Sitte war. Alle Frauen trugen schwarze Kleidung. Zu der Trauerfeier im Haus des Vaters wurden Frauen und Männer in einen Raum gesetzt – entsprechend den Vorstellungen des Vaters von der Gleichwertigkeit der Frauen. Den Trauergästen wurde Kaffee in kleinen Schalen auf einem Tablett serviert. Viele Menschen kamen, nur mein Bruder war nicht dabei. Ich konnte mir denken, warum.

Auf Vaters Wunsch wurde vor dem Begräbnis keine Rede gehalten. Stattdessen sprach ich das Gebet, das

Papa mir als Kind gegeben hatte, änderte aber eine Zeile
für den Vater passend:

O mein Gott,
Du bist der Allmächtige.
Du bist der Schöpfer allen Lebens.
Du bist der größte Einfluss,
der nie aufhört.
Deine Magd bittet dich,
Vater Martin fortschreiten zu lassen
in allen Deinen Welten.
Du bist wahrlich der Allmächtige,
der Gewaltigste, der Allwissende, der Allweise.

Wir hielten auch die 40 Tage Trauerzeit ein. Für Peter war
es dann kein Problem, dass ich nun zwischen Wintershausen und Prishtina hin und her pendelte, um die Mutter zu
versorgen. Ich nahm von Karlsruhe das Flugzeug nach Prishtina und flog nur etwa eine Stunde. Mutter hätte auch in
Wintershausen bei uns leben können. Aber das war ihr zu
schwierig, ihre vertraute Umgebung in Prishtina aufzugeben. Sie konnte sich einfach nicht vorstellen, das Haus ihres
geliebten Martins zu verlassen, neue Menschen kennenzu-
lernen und in einer Umgebung zu leben, wo andere Sprachen gesprochen werden.«

Besa fuhr fort: »In Wintershausen hatten wir immer
die Türe offen für alle Menschen. Mit Peter zusammenleben zu dürfen, war eine wundervolle Zeit und hat mich
für alles entschädigt, was ich vorher erlitten hatte. Peter

zeigte mir seine Liebe in Worten und Taten. Er unterstützte mich bei allen Problemen und suchte gemeinsam mit mir Lösungen. Meine Meinung interessierte ihn, und mit ihm an meiner Seite entwickelte ich mich weiter.

Peter legte großen Wert auf die Würde des Menschen. Er betonte, wie wichtig es ist, dass jeder Mensch sich gute Fähigkeiten aneignet, um damit der Menschheit dienen zu können.

Die Art und Weise, wie er mich ansah, mit mir redete, ließen keine Zweifel aufkommen, dass ich der wichtigste Mensch für ihn war. Er war achtsam und legte Wert auf die kleinen Dinge wie mir zu danken, wenn ich ihm die Zeitung brachte.

Er war immer ehrlich zu mir und stand mir bei. Es war einfach nach dem klassischen Eheversprechen, sich in guten und in schlechten Zeiten zu unterstützen, gemeinsam Hürden zu nehmen und ein Team zu sein.

So verflog die Zeit unbemerkt schnell, die Jahre verschmolzen in einer harmonischen Symphonie.

Peters Routinebesuch bei seinem Hausarzt erschreckte uns. Der Arzt teilte uns mit, dass bei Peter ein Karzinom festgestellt worden sei. Von ärztlicher Seite werde aber alles unternommen zur Heilung.

So war es dann auch. Peters Behandlungen fingen an, und ich begleitete ihn zum Arzt und zu den Behandlungen, las ihm jeden Wunsch von den Augen ab, sprach mein Gebet für ihn. Auch von der Familie war immer jemand im Haus.

Als keine Heilung mehr in Sicht war, beklagte mein Liebster sich nicht, dankte mir für meine Liebe und meine Treue. Peter war sich sicher, dass der Abschied nur für eine bestimmte Zeit sein werde, und dass seine Seele eine Reise antreten werde in eine andere Welt.«

Besa hatte vor und nach Peters Tod die tiefste und aufrichtigste Überzeugung, dass sie keinen anderen Mann in ihrem Leben mehr haben möchte. Peter werde der einzige Gefährte bleiben, jetzt und in alle Ewigkeit.

Seine letzten Worte waren: »Meine liebste Besa, wir haben nicht viel darüber geredet, aber ich warte auf dich in der anderen Welt. Da gibt es eine Bank unter einem Lindenbaum, dort sitze ich und warte, bis du kommst.« Er schlief dann in seinem Krankenbett ein und wachte nicht wieder auf.

Peters Seele hatte in dieser Welt so viele wundervolle Eigenschaften erworben, dass seine Seele bereit war für das nächste Leben und er voller Zuversicht diese Reise antrat. Blerta sagte zu Besa: »Peter war mein geistiger Vater, er wird immer bei uns sein.«

Kriegsausbruch und Kriegserlebnisse

Um Besas Bezug zum Kosovo besser zu verstehen, ist es jetzt angebracht, einen kurzen Blick auf die Vergangenheit des Balkans zu werfen.

Südosteuropa hat eine turbulente Geschichte hinter sich mit ständigem Wechsel von Zugehörigkeiten und Machteinflüssen. Staatsformen änderten sich mehrfach im Laufe seiner Geschichte. Marschall Tito formulierte die Grundzüge Jugoslawiens als eine Föderation von gleichberechtigten Völkern.

Als aber Slowenien und Kroatien am 25. Juni 1991 ihre Unabhängigkeit erklärten, versank Jugoslawien in einem blutigen Bürgerkrieg. Damit war Titos Lebensprojekt gescheitert. Die Unabhängigkeitserklärungen der jugoslawischen Nordrepubliken waren der Sargnagel des nachtitoistischen Jugoslawien. Als Reaktion darauf erfuhren die Nationalisten in den anderen Teilrepubliken starken Auftrieb. Bei den ersten freien Wahlen 1989/90 siegten überall Nationalisten.

Der Kosovo war zur damaligen Zeit eine autonome Provinz, die zu Serbien gehörte. Anfang der 1990er Jahre wurde die Untergrundorganisation »Kosovo-Befreiungsarmee« gegründet. Sie begann ihren bewaffneten Kampf gegen Serbien, indem sie Mitglieder der Sozialistischen Partei und der serbischen Polizei angriff. Der Krieg im Kosovo entzündete sich am 28. Februar 1998 an einer Vergeltungsaktion der serbischen Polizei im kosovarischen Dorf Likoshan, bei der zehn Menschen getötet wurden.[10]

Prishtina war Schauplatz vieler blutiger Demonstrationen und Proteste von Freiheit und Autonomie fordernden Studenten. Im Zuge des Kosovokriegs flüchteten viele albanische Bewohner, und viele serbische Bewohner wurden vertrieben, sodass sich die Bevölkerungszahl um die Jahrtausendwende fast halbierte.

Das war für Besa eine Zeit, in der sie viele Schreckensmeldungen verfolgen musste, entweder im Fernsehen oder zusammen mit anderen Kosovaren. Sie verfolgte diesen Krieg mit sehr gemischten Gefühlen. Einerseits fand sie es richtig, sich gegen die Schikanen von Serbien zu wehren, andererseits war es ihr auch klar, dass unter den Kosovaren viele Banditen und Verbrecher waren.

Dann wiederum im heimeligen Wintersberg war das Grauen des Krieges ganz weit weg. Peter lebte noch, als der Krieg begann, und verfolgte alle Schrecken des Krieges mit Besa. Beide machten sich größte Sorgen um die Mutter Flora. Tochter Drita schlug dann vor: »Mama, flieg nach Prishtina, hol die Omi zu uns, ich versorg' schon unseren Papa Martin.« Der liebe Martin nickte und lächelte: «Mach das, Besa, bring Oma zu uns in Sicherheit. Du bist mutig und stark. Du bist die Tochter eines Adlersohns!«

So tat Besa das dann schließlich. Sie flog zur Mutter nach Prishtina und bekniete die Mama, in das schöne Wintersberg zu kommen. Aber die Mama wollte das Haus von ihrem geliebten Martin in Prishtina nicht verlassen.

Das Einzige, was Besa jetzt in dem heftigen Kriegsgeschehen tun konnte, war, das Haus von Martin nicht zu verlassen. Die Schreie der massakrierten Menschen in der Nachbarschaft waren unüberhörbar. Nur wie durch ein Wunder gab es keine Zerstörungen in der Straße, wo Vaters Haus stand.

Viele von der Zerstörung betroffenen Menschen fanden jetzt Unterkunft in Martins Haus. Alle Zimmer waren voll belegt, auch der Flur. Etwa zwanzig Personen in jedem Raum. Besa und ihre Mutter teilten ihre letzten Kartoffeln mit den Gästen und fanden noch einige Kastanien zum Rösten in der hintersten Ecke des Küchenschranks. Wasser gab es zum Glück. Mit einigen Blättern

Bergtee konnten die Frauen ein heißes Getränk für alle zubereiten.

Nachts hörte man noch intensiver, wie die Maschinengewehre der Soldaten ratterten. In dieser Zeit konnte Besa nachts nie schlafen. Erst in den frühen Morgenstunden fielen ihre Augen zu. Vor dem Einschlafen sagte sie in Gedanken die Kurzform von Papas Gebet:

O Gott, Du allmächtiger Gott,
beschütze uns, führe uns.

Dann wurde es ruhiger. Im Fernsehen und den Radionachrichten konnte man verfolgen, dass die Kämpfe sich verlagert hatten, dass auch internationale Truppen zur Beruhigung der Lage in das Kriegsgeschehen eingegriffen hatten.

Da sagte Mama Flora zu Besa: »Geh nach Hause, mein Mädchen, bleib bei Martin und lass ihn nicht mehr allein. Ich danke dir für alles.« So geschah es dann auch.

Martins Beerdigung war noch während der Kriegsgeschehnisse im Kosovo. Besas Gedanken und Empfindungen auf dem Rückflug nach Deutschland waren sehr konfus. Einerseits war es das Wichtigste für sie, an der Seite ihres kranken Mannes zu sein. Andererseits war da die recht hilflose Mutter, die in einem Kriegsgebiet lebte, aber noch mehr Angst davor hatte, in einer neuen unbekannten Umgebung wie Wintersberg zu leben.

Weiter leben

Besas Mutter starb dann ein Jahr nach Peter. Auch diese Beerdigung organisierte Besa in Prishtina. Ihr Bruder hatte wieder nicht an der Beerdigung teilgenommen, wohl aber das Erbe angetreten.

Wieder zurück in Wintersberg, dachte Besa: »Ich bin jetzt 38 Jahre alt. Wie geht mein Leben ohne Ehemann und ohne Eltern weiter? Ich bin jetzt die Älteste oder die Erfahrenste in der Restfamilie in Deutschland. Meine Töchter haben sich gut entwickelt, Berufe gelernt, selbst Freunde und Partner gefunden – ohne »Vermittlung«.

Besa wandte sich jetzt an mich: »Oh Carla, ich falle manchmal einfach in ein tiefes Loch. Es ist, als ob ich falle und versuche, mich an der Wand des Loches festzuhalten. Das ist ein Gefühl zwischen sich bestraft und gleichzeitig sich gerettet fühlen. Ich frage mich, geht es alleine weiter, kann ich das schaffen? Und dann das Bewusstsein und die zurückliegende Erfahrung, dass ich schon so viel geschafft habe. Ich denke an die Adler, und dass ich die Tochter eines Adlersohnes bin. Ich weiß, dass ich das kann!«

»Liebe Besa, genauso sehe ich es auch, du kannst das, du hast schon so viel in deinem Leben erduldet und dann haben sich die Schwierigkeiten aufgelöst. Welche Schwierigkeiten hattest du noch allein zu lösen nach dem Tod deines Mannes und der Eltern?"

»Es gab das Problem, meinen Finanzrahmen auch für die Zukunft sicherzustellen und eine kleine Rente später zu bekommen, denn ich wollte als alte Frau meinen Töchtern nicht auf der Tasche liegen. Mir wurde eine Beschäftigung in einem Seniorenzentrum angeboten. Diese Arbeit mit älteren Menschen stellt mich sehr zufrieden. Von Wintersberg fuhr ich mit dem Zug nach Freiburg. Ich erlebte den Sonnenaufgang vom Zug aus. Es war angenehm, jeden Tag früh aufzustehen, Menschen im Zug zu beobachten oder auch einfach nur einen Blick in die Zeitung zu werfen.

Dann kam ein neue Schwierigkeit: Das Haus fing buchstäblich an zu knittern und sah aus wie ein ungebügeltes Hemd. Die Gemeinde Niederbronn-les-Bains entschied sich, die alten Häuser nicht zu sanieren, sondern sie abzureißen.

Das war ein Grund für mich, nach Freiburg umzuziehen. Ich fand eine nette Zweizimmerwohnung an dem Fluss Dreisam – eine Erinnerung, dass mein Leben im Fluss bleibt. Drita besucht mich immer noch oft. Der gute und liebe Kontakt mit Peters Verwandten blieb auch bestehen, so dass ich mich nie ganz einsam fühlte. Ich habe jetzt auch dich kennengelernt, Carla, und bin ganz gerührt, wie treffend du meine Lebensgeschichte in Worte gefasst hast.

Ich bin jetzt eine reife, erwachsene Frau. Ich kann mein Leben meistern, habe die sogenannte ›Selbstermächtigung‹ geschafft. Ich weiß aber auch, dass es tausenden von Frauen genauso geht und noch ergehen wird, wie es mir erging.

Diesen Frauen und Mädchen möchte ich sagen und zeigen: ›Es geht, ich konnte es, ich habe es gelernt und bin vielen Menschen, besonders meinem Mann Martin, unendlich dankbar, dass ich so viel Gutes lernen durfte, dass ich in einer menschenwürdigen, anständigen Umwelt leben konnte, dass ich immer wieder fliegen konnte wie ein Adler.‹

Ich muss und will der Welt aber auch sagen: ›Es muss, es muss sich noch vieles ändern! Die Rückständigkeit muss aufhören!‹, auch wenn ich im Hinterkopf den Glauben habe, dass der Allmächtige dabei helfen wird.

Seit einem Jahrzehnt bin ich nicht mehr in den Kosovo gefahren. Vielleicht werde ich einmal eine Reise mit einer Touristengruppe mitmachen, wenn ich in Rente bin. Vielleicht geht diese Reise dann auch an Orte, die ich noch nicht kenne. Ich bin mir aber sicher, es hat sich ohnehin alles verändert, und nichts sieht mehr so aus, wie es einmal war.

Viel lieber besuche ich jetzt das Grab von Peter in Wintersberg, sitze unter dem Baum, spreche mein Gebet für ihn und stelle mir vor, wie seine Seele in der nächsten Welt mit der Seele von Vater Martin kommuniziert. Vielleicht lachen die beiden gerade, weil ich an sie denke, oder weil ich Kaffee mitgenommen habe zum Friedhof.

Ich genieße meine Arbeit, die Enkelkinder, die Besucher, die kommen, gehen und wiederkommen. Ich habe es geschafft, mein Leben gehört mir. Drita hat ein Gedicht[12] entdeckt, das meinen Adlerflug im Leben beschreibt:

So steige immer zu!
und wolltest du auch fern den Höhn
verweilen in den Gärten schön,
du findest keine Ruh.
Drum steige immer zu!
Und bleibe immer du!
Denn was auch links und rechts dir winkt,
und lockt und lächelt, singt und blinkt,
ach, das verweht im Nu.
Drum bleibe immer du!
Und steige immer zu!

Und geht es hart, so soll es sein,
denn dieser Weg ist dein allein
und du allein bist du.
So steige immer zu. [12]

Zusammenfassung und Bewertung

Es ist an der Zeit, viele Entwicklungen in der Welt zu hinterfragen. Besas Lebensgeschichte gibt konkrete Beispiele, was sich ändern muss:

Die Rolle der Frau

Um es prägnant auszudrücken, wir brauchen Lösungsansätze für eines der drängendsten Probleme der Gegenwart: Die Erreichung der Gleichwertigkeit der Frauen in dieser Weltgesellschaft. Die Begabung und die Leistungsfähigkeit der Frau sind in großen Teilen der Welt immer noch buchstäblich verschleiert.

Seit den letzten zwei Jahrhunderten hat das mittelalterliche Weltbild sich grundlegend geändert. Die

Menschheit muss jetzt unvoreingenommen und ohne Vorurteil zu der Erkenntnis kommen, dass Mann und Frau gleichwertige Menschen sind.

In vergangenen Zeiten herrschte die Meinung, dass Frau und Mann nicht gleichwertig sind. Die Frau galt als dem Manne unterlegen im Hinblick auf ihre Anatomie und ihre Erschaffung. Man hielt sie vor allem für weniger intelligent, meinte weltweit, ihr sei nicht erlaubt, bei entscheidenden Fragen mitzusprechen.

In einigen Ländern gingen die Männer so weit, zu glauben und zu lehren, die Frau gehöre einer niedrigeren Stufe an als der des Mannes. Ihr wurde das Recht auf Bildung versagt. Sie blieb in diesem unwissenden Zustand. Selbstverständlich konnte sie so keine Fortschritte machen. Im Orient glaubte man sogar, es sei für die Frau das Beste, nichts zu wissen. Man hielt es für besser, dass sie weder lesen noch schreiben konnte, damit sie über das Weltgeschehen nicht unterrichtet sei.

Man war der Meinung, dass die Frau erschaffen wurde, um Kinder zu erziehen und den Haushaltspflichten nachzukommen. Wenn sie eine Ausbildung anstrebte, so galt das als unkeusch; auf diese Weise wurden die Frauen zu Gefangenen des Haushalts gemacht. Die Häuser hatten oft noch nicht einmal Fenster zur Straße hin.

All dies beruhte auf Unwissenheit und auf Irrtum. Es ist eine gesicherte Tatsache, dass Männer und Frauen ebenbürtig sind. Dies ist eine geistige Wahrheit, die alle Humanwissenschaften bestätigen. Anthropologie,

Physiologie und Psychologie kennen nur die Gattung Mensch, wenngleich unendlich mannigfaltig in den vielen Aspekten des Lebens.

Um diese Wahrheit anzuerkennen, muss man vorurteilsfrei werden. Vorurteile jeglicher Art müssen abgelegt werden: Vorurteile der Rasse, Klasse, Hautfarbe, Religion, Nation, des Geschlechts, des Lebensstandards – alles, was Menschen ermöglicht, sich anderen gegenüber überlegen zu glauben.

Frauen sollten sich jedoch in einer emanzipierten Welt nicht nur als Boxerin oder harte Kriegerin profilieren, eben das Gleiche tun, was Männer bisher machten, sondern ihre Rolle neu reflektieren und definieren. Denn in einer neuen Welt müssen andere, neue Werte umgesetzt werden. Diese Denkpyramide muss ganz oben anfangen. Wenn unser Planet, die gemeinsame Erde, in Frieden überleben soll, muss zuerst Einheit verwirklicht werden.

Bedeutung der Familie

Aber der Anfang von Einheit muss in der Familie geschehen. Der wesentlichste Faktor wird sein, die Einheit in der Familie zu realisieren. Die Familie ist ein Mikrokosmos in dieser Welt. Ihre Einheit muss vor dem Zerfall beschützt werden. Obwohl die meisten Gemeinwesen und Kulturen die Familie als eine notwendige und fundamentale Grundeinheit anerkennen, gibt es heute so viele Umgestaltungen, die das Wohl der Familie und das Glück ihrer Mitglieder bedrohen – wie in Besas Fall, weil ein Mann das mittelalterliche Familienleben, in dem nur der Mann das Sagen hat, für richtig und normal hält.

Im Mikrokosmos Familie müssen neue Prinzipien in die Praxis umgesetzt werden, die auf der Gleichwertigkeit von Mann und Frau basieren. Wenn in einer Familie Liebe und Einklang herrschen, wird diese Familie vorankommen und sich entwickeln. Ihre Beziehungen sind geordnet, sie erfreuen sich behaglicher Ruhe. Wenn aber Feindschaft und Hass vorherrschen, können Zerstörung und Auflösung nicht ausbleiben.

Männer spielten eine wichtige Rolle in Besas Leben. Da war der aufgeklärte Vater, der nicht der Norm seiner Zeit und seiner Umgebung entsprach, der von der Gleichwertigkeit von Mann und Frau überzeugt war.

Dann in negativem Sinne der Mann, mit dem sie gegen ihren Willen verheiratet wurde, der ihr das Leben zur Hölle machte durch sein Verhalten an überbrachten, überholten Verhaltensnormen und Rechten als Ehemann, die in der heutigen Zeit nicht mehr akzeptiert werden können.

Diese vermittelte Ehe ist auch ein Beispiel dafür, dass das Festhalten an veralteten Traditionen für die Zukunft der Kinder oft negative Auswirkungen haben kann. Die Zustimmung aller Elternteile zu der Eheschließung ihrer Kinder ist fruchtbar für die Familien, aber nur unter einer Bedingung: Beide Kinder müssen zuerst sich gegenseitig heiraten wollen. Und Besa wollte den vermittelten Mann nie ehelichen.

Dann der Ehemann Peter in Besas Leben, der ähnlich wie der Vater aufgeschlossen und tolerant war und viele guten Eigenschaften entwickelt hatte. Es spielte nie eine Rolle für Peter und seine Familie, wo Besa und die Töchter geboren wurden und sie eine »zugezogene Frau« war.

Der Vater hatte als welterfahrener Mann vorausgesehen, dass seine »Lume« den Kern, die Essenz des Lebens erkennen wird, lebhaft sprudeln, Klippen und Fels überwinden muss, bis das freie Fließen in einer offenen Landschaft möglich ist. Auch die Mutter hatte wohl erspürt, dass ihre »Shpitri« immer beseelt bei der Sache sein würde – in guten wie in schlimmen Zeiten.

Es kommt mittlerweile sogar vor, dass hiesige Frauen über zugezogene Frauen wie Besa sagen: »Die nehmen uns die guten Männer weg.« Hier würde ich gerne hinzufügen: Wenn eine Frau einen Lebensweg hatte wie Besa, dann gönne ich ihr einen »guten« Mann zur Wiedergutmachung ihres Leidens.

Normen der Gesellschaft

Wie schon erwähnt, die Abhängigkeit einer Frau vom Ehemann oder Vater und ihre Unterdrückung sind vor allem dort zu finden, wo es an Bildung mangelt. Deshalb sollten alle Kinder zur Schule gehen und Mädchen die gleichen Ausbildungsmöglichkeiten und Rechte bekommen wie Jungen. Die Zukunft sollte weltweit so aussehen: Wenn sich arme Familien keine Ausbildung für alle Kinder leisten können, sollten sie sogar Mädchen den Vorrang geben, denn sie übernehmen oft die größere Verantwortung für die Kinder und damit für die nächste Generation.

Wenn es zu einem Ausgleich kommen wird von armen und reichen Gegenden auf dieser Erde, dann werden auch Armutsmigration und Flüchtlingsströme wesentlich geringer werden. Das ist aber dann der Appell an die wohlhabenden Nationen und Unternehmen, den Reichtum zu teilen und Unwissenheit zurückzudrängen.

Die Lebensgeschichte von Besa offenbart, dass es noch im 21. Jahrhundert in Europa Traditionen und historische Einflüsse gibt, die damals wie heute für viele Menschen das Leben bestimmen. Diese Leitlinien können positiv, aber auch, wie in Besas Fall, negativ und sehr schmerzhaft sein.

Durch das Bekanntwerden solcher Lebensgeschichten kann erreicht werden, dass andere Menschen, denen ähnliches widerfährt, an sich glauben und Mut schöpfen, immer wieder aufzustehen. Eben nicht resignieren und daran arbeiten, weil alles besser werden kann – unabhängig, wie tief man fällt. Wichtig ist, dass man die Schuld nicht immer bei sich selbst sucht, wie es Besa in ihrer Jugend machte.

Jeder Mensch kann fliegen wie ein Adler.

Danksagung
an alle Mitwirkenden

Um so ein Buch wie dieses zu schreiben, braucht man viele Mitwirkende, die ich der Leserschaft auch vorstellen möchte:

Der große und von mir sehr verehrte albanische Schriftsteller Ismail Kadare erklärt, wie eine gute Erzählung entsteht: »Du musst in dir nach Gefühlen graben, tief und intensiv in dir Schmerz, Trauer, Einsamkeit, Freude und Verlangen fühlen. Dann suchst du die treffenden Worte, das Gedachte und Gefühlte auszudrücken. Du suchst nach dem treffendsten Wort und findest dann ein noch treffenderes Wort. Das fliegt dann wie ein Pfeil zum Leser.«

Besa hat das verstanden und oft mit Nachdruck um die allerbesten Worte und Ausdrücke gemeinsam mit mir gerungen. Besas Schwager Michael half mit viel Geduld und Engagement, die Texte von Besa zu erhalten und ein Gedankengerüst zu erstellen für die gesamte Erzählung. Jede Manuskriptseite las er zusammen mit Besa und überprüfte das Geschriebene. Wenn Michael nicht gewesen wäre, dann wäre dieses Buch nie entstanden.

Besonders möchte ich der albanischen Profifotografin Orieta Myzeqari und meinem Freund Darius Zendeh danken, dass ich ihre Fotos verwenden durfte.

Auch wenn dieses Buch ein Erzählroman ist, so sollten dennoch geschichtliche Tatsachen stimmen und gut recherchiert sein. Dabei hatte ich sehr präzise Informationen, die Alexander Meinhard zusammentrug und mir zur Verfügung stellte.

Ferner half Ralf Wolf schon zu Beginn des Buches, beim Schreiben an den Schriftsatz zu denken, damit das Leseerlebnis noch angenehmer ausfällt. Mit ihm konnte ich in Ruhe diese angenehme Buchgestaltung kreieren und dabei auf elektronische Datenübertragung mich stützen.

Mein Mann Castadarrow Thompkins hat viele Stunden meinen Rückzug in mein Arbeitszimmer akzeptiert und sich gefreut, wenn ich ihm über Ergebnisse berichten konnte oder ihm wenigstens die Fotos zeigte.

All diesen engagierten Mitmacherinnen und Mitmachern möchte ich meinen Dank ausdrücken, denn sie beflügelten meine Arbeit, und ohne sie wäre dieses Buch nicht erschienen.

Zeittafel

1915 Geburt von Besas Vater

1930 Geburt von Besas Mutter

1944 Kriegsereignisse in Jugoslawien

1949 Heirat von Vater und Mutter

1952 Vater wird aus der Armee entlassen

1962 Geburt von Besa

1962 Aufwachsen in Mirvëndi

1968 Besa kommt in die Grundschule in Mošivar

1970 Umzug nach Prishtina

1974 Besa beginnt, Kinder zu beaufsichtigen

1978 Besa fährt das erste Mal nach Deutschland

1978 Besa wird mit Luan verheiratet

1979 Geburt von Anna in Sommerhausen

1981 Geburt Blerta in Prishtina

1985 Geburt Celina in Würzburg

1985 Scheidung und Umzug nach Herbsthausen

1987 Eheschließung mit Peter

1987 Umzug nach Wintershausen

1987 Peter holt die Töchter nach Wintershausen

1988 Geburt von Drita in Wintershausen

1991 Vater stirbt in Prishtina

1991 bis 2000 Leben in Wintershausen und Prishtina

28. Februar 1998 bis 11. Juni 1999 Kosovokrieg

1999 Peter stirbt in Wintershausen

2000 Mutter stirbt in Prishtina

2000 Arbeitsstelle in Freiburg bekommen

2010 Umzug nach Freiburg

2023 Begegnung mit Carla in Freiburg

2023 Erzählung der Lebensgeschichte in Freiburg

Quellenverzeichnis

1) Mehr Informationen zu Tito und seine Zeit:
   Marie-Janine Calic: Tito – der ewige Partisan.
   Eine Biographie, Verlag C.H. Beck, München

2) Mehr Informationen zu den »Adlersöhnen«:
   https://albanien.ch -› albanien_info
   -› albanien-land-der-adlersoehne

3) https://www.barmer.de -› linkshaender-1071424
   Linkshänder:
   Sieben erstaunliche Fakten, 14.7.2022

4) Volkslied:

   Tuj shetit un n'mal e n'koder,

   tuj prek lulet t'gjith me dorë,

   ne n'nji kopsht ma t'buk'ren n'Shkoder,

   ty të gjeta luleborë

   Je e vogel por e plotë,

   ty t'kerkoj un tash sa mot,

   tash sa mot un ty t'kërkoj,

   veç me ty jeten ta coj,

   Eja, eja luleborë,

   se me ty do thur kuror.

   Eja, eja luleborë,

   se me ty do thur kuror.

   Pash' ma t'buk'ren stinë t'pranverës

Pash' ma t'buk'rin drandofill!

Mos t'ja falish kuj ti erën

Se për mu vetëm ke çilë!

4) Zeit Online, 2.7.2013: „Frauen, die zu Männern
gemacht werden" und
Deutschlandfunk, 15.4.2020: Leila Knüppel
https://www.deutschlandfunk.de
-› schwurjungfrauen-in-albanien

5) Robert Elsie: Sworn Virgin, in: Historical Dictio-
nary of Albania (European Historical Dictionaries,
Band 42), Lanham 2004

6) »Den Balkan gibt es nicht«
Erbschaften im südöstlichen Europa
Bearbeitet von Martina Baleva, Boris Previsic,
Louisa Avgita, Samuel M. Behloul, Nada Bos-
kovska, Elke Hartmann, Karl Kaser, Maurus Rein-
kowski, Daniel Ursprung, Tanja Zimmermann,
Dmitrij D. Nikolaev, Andreas Ernst, 1. Auflage,
2016

7) Mehr dazu:
Best of Albanian superstitions for relationships,
marriage and money, collected by the American
publicist Robin Suerig Halleranm -› best-of-Alba-
nia 360, https://albania360.com

8) Susanna Koeberle: In Pristina werden Geschichten neu erzählt
https://www.swiss-architects.com/de/
architecture-news/gefunden/in-pristina-
werden-geschichten-neu-erzaehlt

9) https://www.zdf.de/nachrichten/panorama/
metoo-sexualisierte-gewalt-missbrauch-
diskriminierung-100.html

10) siehe auch YouTube:
Einmarsch in den Kosovo (1999) | Reportage

11) Volkslied:

Ma fal atë buzëqeshje, që e ëndrroj n'vetmi,
Ma fal atë buzëqeshje, e më mbush lumturi,
Asgjë nuk më ka mbetur, tani t'gjitha i humba,
Dashuria dhe gëzimi, u zhdukën për mua …

E kujtoj atë takim, me lotët e dashurisë
Jetoj në atë përqafim, që ma dhurove ti!

Kaluan shumë kohë, vite të tëra ndër ne,
Ti ike shumë larg, pa më thanë ku je,
Asgjë nuk me ka mbetur, tani t'gjitha i humba
Dashuria dhe gëzimi, u zhdukën për mua!

E kujtoj atë takim, me lotët e dashurisë
Jetoj në atë përqafim, që ma dhurove ti!

12) Günter Nicke
   Adelbert Mühlschegel, Gedichte
   Sommer 2009